Learn French Detective Story

French A2 Reader

Brian Smith

Copyright 2024

Brian Smith

French Graded Readers

For more books and E-book options visit:

www.briansmith.de

Mystère à Montmartre	4
Énigme à Nouméa	14
Mystère à Marseille	24
Le Mystère de Saint-Pierre-et-Miquelon	34
La Traque Parisienne	49
Mystères dans la forêt de Guyane	59
Le Secret de l'Ombre	75
Le Mystère du Faucon et l'Œil d'Horus	92
Le Mystère de la Montagne Corse	109

Mystère à Montmartre

Le Mystère de la Disparition

Dans les rues pavées de Montmartre, le détective privé Jacques Dupont est célèbre pour résoudre les mystères les plus énigmatiques. Un jour pluvieux, alors que Jacques sirotait son café dans son bureau au charme d'antan, un appel anonyme interrompit le silence. Une voix féminine, tremblante et désespérée, résonna à travers le combiné : « Monsieur Dupont, s'il vous plaît, aidez-moi... Mon mari a disparu depuis une semaine. »

Sans perdre un instant, Jacques entama son enquête. La rencontre avec la femme fut émouvante. Assise en face de lui, les mains tremblantes, elle lui expliqua que son mari n'avait emporté ni ses affaires personnelles ni sa voiture, une situation pour le moins inhabituelle.

« Vous dites qu'il n'a rien emporté ? Pas même son portefeuille ou ses clés ? » demanda Jacques, son intuition de détective s'aiguisant.

« Rien du tout, monsieur Dupont. C'est comme s'il avait été enlevé de notre foyer », répondit-elle, les larmes aux yeux.

Jacques inspecta la maison, notant chaque détail. Les vêtements du mari étaient encore là, soigneusement rangés. Aucun signe de lutte. C'était comme si le mari avait disparu dans l'air.

En interrogeant les voisins, Jacques découvrit des récits contradictoires. Certains disaient avoir vu l'homme la veille de sa disparition, paraissant préoccupé, tandis que d'autres affirmaient qu'il semblait avoir des plans pour le week-end.

Sa visite au lieu de travail du disparu révéla un conflit latent avec un collègue. « Il n'était pas content de la direction que prenait le projet sur lequel ils travaillaient », confia un employé.

Le jour suivant, Jacques reçut une lettre anonyme, sans timbre ni adresse. À l'intérieur, un message cryptique qui semblait indiquer un lieu de rendez-vous. « Le puzzle commence à prendre forme », murmura-t-il pour lui-même.

Convaincu que la disparition n'était pas volontaire, Jacques se prépara à affronter ce mystère de front, malgré les menaces voilées qui commençaient à affluer.

Le soir tombé, alors qu'il compilait ses notes, un bruit suspect le fit sursauter. Un craquement, comme si quelqu'un se faufilait dans l'ombre de son bureau. Jacques se leva, prêt à faire face à l'inconnu, mais le chapitre se clôt sur ce mystère non résolu, laissant le lecteur en haleine.

« Qui est là ? » Jacques n'eut pas de réponse, seulement l'écho de sa propre voix dans le bureau sombre. Le mystère de la disparition à Montmartre ne faisait que commencer.

1. Antan - Yesteryear
2. Charisme - Charisma
3. Combiné - Handset
4. Désespérée - Desperate
5. Énigmatique - Enigmatic
6. Émouvante - Moving
7. Enquête - Investigation
8. Foyer - Home
9. Inhabituelle - Unusual
10. Interroger - To question
11. Latent - Latent
12. Lutte - Struggle
13. Pavécs - Cobbled
14. Préoccupé - Preoccupied
15. Sursauter - Startle

Poursuite des Indices

Dans l'obscurité de son bureau, Jacques Dupont se tenait immobile, à l'écoute. Le bruit soudain avait été bref mais assez distinct pour que le détective sache qu'il n'était pas seul. « Qui est là ? » répéta-t-il, sa voix résonnant contre les murs tapissés de dossiers résolus et de mystères en attente. Soudain, une silhouette se détacha de l'ombre, filant vers la fenêtre entrouverte. Jacques plongea pour l'attraper, mais l'intrus lui échappa, disparaissant dans la nuit parisienne.

Le lendemain, Jacques examina les preuves laissées derrière par l'intrus. Un bout de papier, portant un symbole connu des services de police comme celui d'un gang local, attira son attention. Jacques savait qu'il devait agir avec prudence. Ces gangs n'étaient pas réputés pour leur clémence envers ceux qui s'immisçaient dans leurs affaires.

Armé de sa détermination, Jacques se dirigea vers un bar lugubre, connu pour être un repaire du gang. Les regards méfiants des habitués l'accueillirent, mais il ne se laissa pas intimider. S'asseyant au comptoir, il commanda un café et commença à poser des questions subtiles au barman.

« J'entends parler d'un certain 'Le Loup'. Vous savez qui c'est ? » demanda-t-il, feignant l'ignorance.

Le barman, un homme trapu avec un regard perçant, le fixa un moment avant de se pencher vers lui. « Écoute, mon ami, certains noms ne devraient pas être prononcés aussi légèrement », murmura-t-il, avant de s'éloigner pour servir un autre client.

Cependant, une note glissée discrètement dans la poche de Jacques par un informateur anonyme lui donna le nom qu'il cherchait : "Le Loup", chef du gang et suspecté de nombreuses disparitions. Le détective savait qu'il tenait un fil crucial.

La nuit tombée, Jacques se faufila dans une réunion secrète du gang. Dissimulé derrière des caisses dans un entrepôt désaffecté, il écouta leur conversation. Ils parlaient d'une transaction suspecte, une vente d'armes qui aurait lieu sous peu.

Suivant discrètement "Le Loup" à la fin de la réunion, Jacques découvrit une cache d'armes cachée dans un coin sombre de l'entrepôt. Alors qu'il examinait les lieux, une voix derrière lui le fit sursauter. « Perdu, monsieur Dupont ? » C'était "Le Loup", un homme de grande taille, le visage éclairé par la lueur d'une lampe torche.

Une lutte acharnée s'ensuivit. Jacques, bien qu'entraîné, fut légèrement blessé à l'épaule. Profitant d'un moment de distraction de son adversaire, il parvint à s'échapper, jurant de mettre fin aux activités criminelles du gang.

De retour en sécurité, il contacta la police, partageant ses découvertes et demandant une protection. Grâce à ses informations, la police lança une opération d'envergure qui aboutit à l'arrestation de plusieurs membres du gang.

Le chapitre se termine sur une note d'espoir alors que Jacques, depuis la fenêtre de son bureau, observe les voitures de police emmener les criminels. Malgré la douleur de sa blessure, un sourire de satisfaction éclaira son visage. La justice avait été rendue, mais le mystère de la disparition demeurait entier. Jacques savait que son enquête était loin d'être terminée.

1. Acharnée - Fierce
2. Anonyme - Anonymous
3. Cache - Hideout
4. Clémence - Mercy
5. Dissimulé - Hidden
6. Échapper - Escape
7. Entrepôt - Warehouse
8. Lugubre - Gloomy
9. Méfiant - Suspicious
10. Perçant - Piercing
11. Réunion secrète - Secret meeting
12. Soudain - Sudden
13. Subtiles - Subtle
14. Transaction - Transaction
15. Trapu - Stocky

La Traque de "Le Loup"

Après une nuit agitée, Jacques Dupont se réveillait, les muscles endoloris par les événements de la veille. La lumière du jour filtrait à travers les rideaux de son bureau, transformé temporairement en lieu de repos. Les événements récents avaient laissé des traces, mais sa détermination restait intacte. Grâce à l'aide précieuse de la police, il commença à examiner les preuves saisies dans l'entrepôt, déterminé à identifier les complices de "Le Loup".

Alors que les pièces du puzzle commençaient à s'assembler, Jacques reçut un appel anonyme. Une voix menaçante lui glaça le sang : « Dupont, reste loin des affaires du gang, si tu tiens à ta vie. » Sans se laisser intimider, Jacques raccrocha. Les menaces ne faisaient que renforcer sa volonté de poursuivre l'enquête.

Sachant que le temps était compté, Jacques se rendit dans un bar clandestin où il espérait trouver des informations supplémentaires. Là, un informateur, attiré par la promesse d'une récompense, lui glissa un bout de papier. Ce dernier contenait des détails sur un plan d'évasion que "Le Loup" avait prévu en cas de coup dur.

Armé de cette nouvelle information, Jacques et la police concoctèrent un plan pour intercepter "Le Loup" avant qu'il ne puisse disparaître. Ils se mirent en place, attendant le moment propice pour agir.

La tension était palpable lorsque "Le Loup" fit son apparition. Une fusillade éclata soudainement, mais grâce à la stratégie élaborée et au courage des agents, le chef du gang fut capturé sans pouvoir s'échapper.

Dans une salle d'interrogatoire, face à face avec "Le Loup", Jacques ne perdit pas de temps. « Où est le mari disparu ? », demanda-t-il d'un ton ferme. Après un moment de silence, "Le Loup", réalisant que son règne de terreur était terminé, révéla enfin l'emplacement d'un lieu secret où le mari était retenu en otage.

« Vous ne le trouveriez jamais sans moi. Il est caché dans une ancienne usine à la périphérie de la ville. Mais vous n'arriverez pas à temps, » ricana "Le Loup", croyant encore avoir l'avantage.

Jacques, maintenant plus déterminé que jamais, coordonna avec la police une opération de sauvetage. Le chapitre se clôt sur cette note d'espoir, la révélation de "Le Loup" menant Jacques et la police vers le lieu où le mari disparu était retenu, promettant une confrontation finale avec les derniers membres du gang.

La traque de "Le Loup" n'était pas seulement une chasse à l'homme; elle était devenue une mission pour sauver une vie innocente, prouvant une fois de plus le courage et la détermination de Jacques Dupont, détective privé au cœur de Montmartre.

1. Agitée - Agitated
2. Anonyme - Anonymous
3. Clandestin - Clandestine
4. Compté - Counted (as in "time is of the essence")
5. Endoloris - Sore
6. Évasion - Escape
7. Filtrait - Filtered (light)
8. Fusillade - Gunfight
9. Glaça - Chilled (as in "chilled the blood")
10. Intercepter - Intercept
11. Menace - Threat
12. Palpable - Palpable
13. Raccrocha - Hung up
14. Récompense - Reward
15. Sauvetage - Rescue

La Course contre la Montre

Dès l'instant où "Le Loup" avait révélé son secret, Jacques et l'équipe de la police s'étaient précipités vers l'ancienne usine abandonnée, le cœur lourd d'appréhension mais l'esprit déterminé. L'usine, un gigantesque labyrinthe de béton et de métal rouillé, se dressait sinistrement sous le ciel gris de l'aube.

« Restez sur vos gardes, » murmura Jacques à l'équipe en pénétrant dans le bâtiment. L'air était lourd, imprégné d'une odeur de moisissure et de métal. Les couloirs sombres semblaient s'étendre à l'infini, une cachette parfaite pour un gang désespéré.

La tension montait à chaque pas. Soudain, un bruit. Jacques et les policiers se figèrent, prêts à affronter ce qui les attendait. Avançant prudemment, ils découvrirent enfin la cellule où le mari était séquestré. L'homme, affaibli mais vivant, les regarda avec des yeux emplis de soulagement et d'incrédulité.

« Merci, je... je ne pensais pas que quelqu'un viendrait, » balbutia-t-il en acceptant l'eau que Jacques lui tendait.

« Comment avez-vous atterri ici ? » demanda Jacques, aidant l'homme à se lever.

« Ils m'ont enlevé parce que je savais pour leur opération illégale, » révéla le mari, la voix éraillée par la soif et la peur.

Le chemin du retour s'annonçait périlleux. Alors qu'ils essayaient de quitter l'usine, le grondement sourd de voix en colère résonna derrière eux. Les membres restants du gang les avaient trouvés.

Une course-poursuite effrénée s'engagea à travers les dédales de l'usine, chaque tournant menant à un nouvel obstacle. Jacques, le mari, et les policiers esquivaient les attaques, utilisant tout ce qu'ils trouvaient pour se défendre et avancer.

Finalement, ils atteignirent l'extérieur, mais la liberté était encore loin. Les criminels les poursuivaient, déterminés à ne pas laisser leur secret s'échapper avec le mari.

C'est alors que le son des sirènes retentit, perçant le chaos. La police, alertée par Jacques plus tôt, arrivait en renfort. Une intervention rapide permit d'arrêter les membres du gang, mettant fin à leur règne de terreur.

Le retour de Jacques et du mari à la civilisation fut accueilli par un soupir de soulagement collectif. La mission était accomplie. Le mari, encore sous le choc mais sain et sauf, ne cessait de remercier Jacques et les policiers pour leur bravoure.

« Vous m'avez sauvé la vie, » dit-il à Jacques, l'émotion palpable dans sa voix.

« C'est mon travail, » répondit simplement Jacques, un sourire fatigué mais satisfait illuminant son visage.

Le chapitre se clôt sur cette note d'espoir et de victoire, le détective et le mari retournant vers leurs proches, laissant derrière eux l'usine et ses sombres secrets. La lumière du jour semblait un peu plus brillante, promettant un nouveau départ après la tempête.

1. Abandonnée - Abandoned
2. Affaibli - Weakened
3. Atterri - Ended up
4. Balbutia - Stammered
5. Béton - Concrete
6. Cachette - Hideout
7. Dédales - Maze
8. Éclaircie - Break (in the clouds)
9. Éraillée - Hoarse
10. Grondement - Rumbling
11. Incrédulité - Incredulity
12. Moisissure - Mold
13. Périlleux - Perilous
14. Précipités - Rushed
15. Séquestré - Sequestered

Révélations Finale

Après l'arrestation spectaculaire des membres du gang, Jacques Dupont n'avait qu'un objectif en tête : confronter les instigateurs de ce plan machiavélique. Au poste de police, face à face avec les criminels désormais enchaînés, il révéla avec une précision chirurgicale l'étendue de leurs méfaits. Sous le regard sévère des officiers, les visages autrefois arrogants des gangsters se décomposèrent, leurs secrets exposés au grand jour.

« Votre règne de terreur est terminé, » déclara Jacques d'une voix empreinte d'autorité, observant les menottes cliqueter autour des poignets de ceux qui avaient semé la peur dans les cœurs des innocents. Emmenés par la police, les criminels jetèrent des regards furieux en arrière, mais leur destin était scellé.

L'instant le plus touchant fut sans aucun doute les retrouvailles entre le mari et sa femme. Dans le bureau de Jacques, où l'enquête avait commencé, ils se jetèrent dans les bras l'un de l'autre, un flot de larmes mêlant soulagement et joie incommensurable. Leur gratitude envers Jacques était palpable, leurs remerciements chaleureux remplissant la pièce d'une atmosphère de tendre reconnaissance.

« Sans vous, je n'aurais jamais revu mon mari. Comment pourrons-nous jamais vous remercier ? » dit la femme, les yeux brillants de larmes.

Jacques, toujours modeste, répondit simplement : « Voir des familles réunies est la seule récompense dont j'ai besoin. »

C'est alors que Jacques résolut le dernier mystère de l'affaire : l'identité de l'appelant anonyme. Une note, laissée discrètement sur son bureau, révéla que c'était un ancien membre du gang, cherchant à se racheter en aidant à dévoiler le réseau criminel. Cette révélation apporta une clôture satisfaisante à une affaire complexe, démontrant une fois de plus l'acuité et la détermination du détective.

Le mari, profondément marqué par son expérience, promit devant Jacques de changer de vie et de témoigner contre ses anciens ravisseurs, espérant ainsi contribuer à rendre la ville un peu plus sûre.

Alors que Jacques préparait ses dossiers pour la journée, une nouvelle enveloppe glissa sous sa porte. Une autre affaire, un autre mystère à résoudre. Il sourit, sachant que son travail n'était jamais vraiment terminé. Pour lui, chaque cas résolu était un pas de plus vers la justice, une quête sans fin qui le poussait à aller toujours de l'avant.

Le chapitre, et avec lui l'histoire, se clôt sur une note résolument optimiste. Jacques quitta son bureau, prêt à affronter sa prochaine aventure, son ombre se découpant contre les lumières de la ville qui s'éveillait. Montmartre, avec ses secrets et ses mystères, avait trouvé en Jacques Dupont un gardien infatigable, un détective privé dont la quête de vérité et de justice restait indomptée.

Ainsi s'achève l'histoire de « Mystère à Montmartre », un récit de courage, d'ingéniosité, et de la lutte incessante contre l'ombre, où Jacques Dupont se dresse comme un phare d'espoir dans la nuit parisienne.

1. Atterri - Landed
2. Chirurgicale - Surgical
3. Décomposèrent - Crumbled
4. Empreinte - Imprint
5. Enchaînés - Chained
6. Flot - Flood
7. Incommensurable - Immeasurable
8. Instigateurs - Instigators
9. Machiavélique - Machiavellian
10. Menottes - Handcuffs
11. Palpable - Palpable
12. Racheter - Redeem
13. Récompense - Reward
14. Sévère - Stern
15. Tendre - Tender

Énigme à Nouméa
Le Mystère à l'Hôtel

Dans la lumière dorée du matin, Nouméa s'éveille, ses eaux cristallines scintillant sous le soleil du Pacifique. C'est dans ce décor paradisiaque que l'inspecteur René Dubois, officier dévoué de la police de Nouméa, allait se trouver confronté à une affaire qui troublerait la quiétude de l'île : le mystère à l'hôtel.

L'hôtel de luxe, avec sa vue imprenable sur l'océan, était le dernier endroit où l'on s'attendrait à un drame. Pourtant, c'est ici que le corps sans vie de Marie Leclerc, une jeune touriste venue de France, fut découvert dans sa chambre. La nouvelle de la découverte choquante se répandit rapidement, attirant l'inspecteur Dubois sur les lieux.

« Aucune effraction, c'est curieux... » murmura Dubois en examinant la porte. À l'intérieur de la chambre, tout semblait en ordre, excepté l'absence notable de l'appareil photo de la victime, alors que son argent et ses bijoux étaient toujours là, intacts. Cela ne faisait qu'ajouter à l'étrangeté de la scène.

L'inspecteur, un homme aux yeux perçants et à l'allure sérieuse, commença à interroger le personnel de l'hôtel ainsi que les invités qui avaient pu croiser Marie. « Avez-vous remarqué quelque chose d'inhabituel ces derniers jours ? » demanda-t-il à la réceptionniste, une jeune femme qui semblait encore sous le choc de la nouvelle.

« Marie était si pleine de vie, toujours souriante... Je ne comprends pas qui aurait pu lui faire du mal, » répondit-elle, les yeux emplis de larmes.

Dubois prit note de chaque détail, chaque témoignage, sachant que le moindre indice pouvait être la clé pour dénouer ce mystère. La disparition de l'appareil photo de Marie le perturbait particulièrement. « Cet appareil... Il doit être quelque part. A-t-elle pu capturer quelque chose... ou quelqu'un qu'elle n'aurait pas dû ? » se demanda-t-il à voix haute.

Les heures passèrent, Dubois et son équipe peinant à assembler les pièces du puzzle. L'absence de signe d'effraction et le vol sélectif pointaient vers une connaissance entre la victime et son agresseur, quelqu'un qui avait un accès facile à la chambre ou qui avait pu convaincre Marie de lui ouvrir.

L'inspecteur, le regard fixé sur l'horizon où le ciel rencontrait la mer, savait que cette affaire était loin d'être ordinaire. Quel secret Marie Leclerc avait-elle emporté avec elle ? Qui pouvait bien vouloir la réduire au silence ? Et surtout, pourquoi ?

« Nous trouverons le coupable, Marie. Peu importe où cette enquête nous mènera, » promit l'inspecteur Dubois en lui-même, déterminé à faire la lumière sur cette affaire.

Ainsi commence le mystère à l'hôtel, un récit de secrets cachés, de mensonges et de trahisons sous le soleil trompeur de Nouméa. L'inspecteur Dubois n'est qu'au début de son enquête, et déjà, il sait que chaque réponse ne fera qu'approfondir le mystère.

1. Appareil photo - Camera
2. Choquante - Shocking
3. Cristallines - Crystalline
4. Dévoué - Devoted
5. Drame - Drama
6. Effraction - Break-in
7. Imprenable - Unobstructed
8. Interroger - To question
9. Mystère - Mystery
10. Notable - Notable
11. Paradisiaque - Paradisiacal
12. Perturber - To disturb
13. Quiétude - Tranquility
14. Réceptionniste - Receptionist
15. Scintillant - Sparkling

Les Indices Troublants

L'enquête sur la mort mystérieuse de Marie Leclerc prenait un tournant décisif sous l'œil attentif de l'inspecteur René Dubois. Le lendemain de la découverte macabre, Dubois examina les effets personnels de Marie, espérant y trouver des indices. Parmi ces objets, un album photo attira son attention. C'était un recueil de moments capturés pendant l'aventure néo-calédonienne de Marie, une fenêtre sur sa vie et peut-être sur les circonstances de sa mort.

« Regardez ceci, » dit Dubois à son collègue, en pointant une série de photos où Marie semblait particulièrement joyeuse, explorant les paysages époustouflants de Nouméa. « Il faut examiner chaque détail. Qui sait ce que nous pourrions découvrir ? »

Pendant ce temps, l'équipe interrogeait le personnel de l'hôtel. Un serveur se souvint d'une soirée où Marie avait semblé perturbée par un appel téléphonique. « Elle est sortie précipitamment du restaurant après cet appel, » révéla-t-il.

Les images de vidéosurveillance montrèrent Marie rentrant seule à l'hôtel la nuit précédant sa mort. Cette information était cruciale ; elle confirmait qu'elle était seule, mais cela n'écartait pas la possibilité d'une rencontre fatale dans sa chambre.

L'investigation se poursuivit avec un examen de la vie de Marie en France. Dubois apprit qu'elle avait quitté précipitamment le pays suite à une rupture amoureuse houleuse. « Peut-être que la clé de cette affaire réside dans son passé, » murmura l'inspecteur, pensif.

Des témoignages de personnes l'ayant vue les heures précédant son décès commencèrent à esquisser un tableau plus complexe de sa dernière soirée. Un couple de touristes mentionna l'avoir vue en compagnie d'un homme au bar de l'hôtel, une rencontre qui semblait tendue.

L'analyse forensique de la chambre révéla des traces minimes de lutte, renforçant la thèse d'une altercation ayant mal tourné. Cependant, aucune empreinte digitale ou ADN étranger n'était identifié, rendant l'affaire encore plus énigmatique.

« Nous avons affaire à quelqu'un de très prudent, » conclut Dubois en rassemblant les preuves. La disparition de l'appareil photo de Marie et son implication dans une relation conflictuelle offraient des pistes potentielles, mais l'inspecteur savait que l'affaire était loin d'être résolue.

Les jours suivants, Dubois et son équipe redoublèrent d'efforts pour reconstituer les dernières heures de Marie. Chaque photo de son album, chaque témoignage recueilli, chaque indice minuscule trouvé dans sa chambre d'hôtel contribuait à dresser le profil d'un mystère qui s'épaississait.

« Nous devons creuser plus profondément, » insista Dubois, déterminé. L'énigme de la mort de Marie Leclerc se révélait être un défi de taille, mais l'inspecteur était résolu à assembler les pièces du puzzle, peu importe où elles le mèneraient. Le mystère autour de la dernière nuit de Marie à l'hôtel devenait de plus en plus dense, et Dubois savait qu'il était sur le point de faire des découvertes qui pourraient changer le cours de l'enquête.

1. Album photo - Photo album
2. Analyse forensique - Forensic analysis
3. Aventure néo-calédonienne - New Caledonian adventure
4. Découverte macabre - Macabre discovery
5. Effets personnels - Personal effects
6. Enquête - Investigation
7. Époustouflants - Breathtaking
8. Macabre - Macabre
9. Mystérieuse - Mysterious
10. Paysages - Landscapes
11. Perturbée - Disturbed
12. Précipitamment - Hastily
13. Rupture amoureuse - Love breakup
14. Tournant décisif - Decisive turn
15. Vidéosurveillance - Video surveillance

Le Passé Obscur de Marie

L'inspecteur René Dubois, plongé dans l'énigme entourant la mort tragique de Marie Leclerc, savait que le chemin vers la vérité passait par les ombres de son passé. Les révélations survenant de son investigation menèrent Dubois bien au-delà des eaux turquoise de Nouméa, dans les profondeurs cachées de la vie de Marie.

Dubois commença par contacter la famille et les amis de Marie en France. Au téléphone, sa mère, une voix tremblante de chagrin, partagea : « Marie était joyeuse en surface, mais elle portait en elle des tourments profonds. » Elle mentionna également un message cryptique que Marie avait laissé dans sa dernière lettre à sa famille : « Parfois, l'eau calme cache les courants les plus dangereux. »

Ces mots, énigmatiques, poussèrent Dubois à explorer davantage les activités de Marie à Nouméa. Un restaurateur se souvint d'elle, parlant avec passion de ses explorations, mais il nota aussi une soirée où Marie semblait particulièrement pensive, voire troublée.

L'investigation se tourna vers l'examen de la relation tumultueuse de Marie avec son partenaire. Des amis communs décrivirent des disputes fréquentes, souvent provoquées par des jalousies. Un témoin de l'hôtel confirma avoir entendu une altercation entre Marie et un homme quelques jours avant sa mort.

Dubois, avec l'aide de son équipe, passa au crible les communications de Marie. Ses relevés téléphoniques révélèrent des appels fréquents avec un numéro inconnu les jours précédant sa mort. Les emails fouillés apportèrent plus de questions que de réponses, avec des échanges cryptés qui semblaient cacher plus qu'ils ne révélaient.

En reconstituant les derniers moments de Marie grâce aux témoignages et aux preuves forensiques, Dubois dressa le portrait d'une femme prise dans un tourbillon d'émotions et de secrets. Une rencontre, capturée par une caméra de surveillance, montra Marie et un homme non identifié dans une discussion animée, juste quelques heures avant sa mort.

Le tournant de l'enquête survint avec la découverte d'un suspect potentiel : l'homme au numéro inconnu, finalement identifié comme étant un ex-partenaire de Marie, connu pour son tempérament violent. Cet homme avait voyagé discrètement à Nouméa, arrivant et repartant juste autour de la période du décès de Marie.

« Nous tenons peut-être notre fil conducteur, » murmura Dubois, conscient que chaque nouvel indice rapprochait l'équipe de la résolution du mystère, mais les plongeait également dans un passé complexe et douloureux.

La révélation de ces secrets jeta une nouvelle lumière sur l'affaire, transformant une enquête de routine en une plongée dans les abysses du cœur humain. Dubois savait que le chemin à parcourir serait semé d'embûches, mais chaque secret dévoilé forgeait la clé qui déverrouillerait la vérité derrière la mort de Marie Leclerc.

Tandis que le soleil se couchait sur Nouméa, teintant le ciel de couleurs ardentes, l'inspecteur Dubois se préparait à la prochaine phase de son enquête, déterminé à élucider le passé obscur de Marie et à rendre justice à sa mémoire.

1. Abysses - Abysses
2. Chagrin - Grief
3. Cryptique - Cryptic
4. Énigme - Enigma
5. Explorations - Explorations
6. Forensiques - Forensic
7. Investigation - Investigation
8. Jalousies - Jealousies
9. Obscur - Dark
10. Passion - Passion
11. Pensive - Pensive
12. Relevés téléphoniques - Phone records
13. Témoignages - Testimonies
14. Tourbillon - Whirlwind

Les Révélations Inattendues

Dans le bureau sombre de l'inspecteur René Dubois, l'atmosphère était tendue. Face à lui, le principal suspect, un ex-partenaire de Marie, croisait les bras, un air de défi dans le regard. « Je vous le dis, je n'ai rien à voir avec la mort de Marie. Je l'aimais

! » s'exclama-t-il, mais son alibi vacillait sous le poids des témoignages contradictoires des témoins.

Dubois, imperturbable, poursuivit son interrogatoire, déterminé à faire craquer la façade du suspect. « Alors, comment expliquez-vous que plusieurs personnes vous ont vu à Nouméa, alors que vous prétendiez être en France ? » Le suspect resta muet, trahi par son silence.

La percée survint avec la découverte de l'appareil photo de Marie. Caché dans une salle de stockage de l'hôtel, il semblait attendre d'être trouvé. Dubois, avec une anticipation palpable, examina les photos capturées par Marie. Chaque image était une fenêtre sur ses derniers jours, mais certaines contenaient des indices plus sinistres.

Les photos révélaient que Marie avait documenté des activités suspectes lors de son voyage. Des échanges clandestins dans des lieux reculés de Nouméa, des visages partiellement dissimulés dans l'ombre. Mais c'était une série de photos prises la veille de sa mort qui captura l'attention de Dubois : Marie avait photographié son ex-partenaire en pleine altercation avec un inconnu.

En décryptant les messages cryptiques et les symboles dissimulés dans les marges des photos, Dubois comprit que Marie avait découvert quelque chose de dangereux, quelque chose qu'elle n'était pas censée voir. Les points se connectaient, traçant une ligne directe entre les activités documentées par Marie et le suspect.

Armé de cette nouvelle preuve, Dubois confronta à nouveau le suspect avec les photos. Sous le poids des évidences, les défenses de l'homme s'effondrèrent. Il avoua sa jalousie maladive, son refus d'accepter la fin de leur relation, et dans un accès de rage, il avait confronté Marie, une confrontation qui avait tragiquement mal tourné.

Avec suffisamment de preuves pour procéder à une arrestation, Dubois et son équipe agirent rapidement. Le suspect fut appréhendé, et les preuves accumulées assuraient une condamnation solide. La justice pour Marie était à portée de main.

Alors que l'affaire se dirigeait vers sa conclusion, Dubois contempla les photos de Marie une dernière fois. Ces images, témoins silencieux de ses derniers jours, avaient finalement révélé la vérité. Grâce à elles, Marie avait guidé Dubois depuis l'au-delà, assurant que son meurtrier serait tenu responsable.

Le chapitre se clôt sur un Dubois pensif, regardant par la fenêtre de son bureau. Nouméa, avec ses secrets et ses drames, semblait un peu moins mystérieuse désormais. Une affaire résolue, mais à quel prix ? La vérité avait été révélée, mais le souvenir de Marie Leclerc, à la fois victime et enquêtrice posthume, resterait à jamais gravé dans la mémoire de ceux qui avaient croisé son chemin.

1. Alibi - Alibi
2. Anticipation - Anticipation
3. Appareil photo - Camera
4. Clandestins - Clandestine
5. Condamnation - Conviction
6. Cryptiques - Cryptic
7. Décryptant - Decrypting
8. Défi - Challenge
9. Échanges - Exchanges
10. Imperturbable - Unflappable
11. Interrogatoire - Interrogation
12. Jalousie maladive - Pathological jealousy
13. Messages cryptiques - Cryptic messages
14. Sinistres - Sinister
15. Témoignages contradictoires - Contradictory testimonies

La Vérité Révélée

Dans la salle d'audience, l'atmosphère était tendue. L'inspecteur René Dubois se tenait face au meurtrier, un moment que toute Nouméa attendait. Les yeux du suspect se détournèrent, incapables de soutenir le regard accusateur de Dubois.

« Vous avez été reconnu coupable au-delà de tout doute raisonnable, » commença Dubois, sa voix résonnant dans le silence pesant. « Pourquoi ? Pourquoi Marie ? »

Le coupable, la tête baissée, murmura une réponse. « Je ne pouvais pas accepter qu'elle me quitte... Je voulais juste lui parler, mais tout a dérapé. »

C'était la conclusion d'une enquête éprouvante qui avait révélé non seulement le motif de l'acte – une jalousie maladive transformée en violence – mais aussi les circonstances tragiques qui avaient conduit à la mort de Marie. Le meurtrier fut condamné, apportant un semblant de justice pour Marie et ceux qu'elle avait laissés derrière.

Après le procès, Dubois rencontra la famille de Marie, leur offrant les condoléances de toute une communauté. « Votre fille a été courageuse jusqu'au bout. Elle a aidé à révéler la vérité, même dans la mort, » partagea-t-il doucement.

En quittant le tribunal, Dubois réfléchit à l'affaire qui l'avait tant occupé ces derniers mois. Chaque indice, chaque entretien, avait été un pas vers la résolution de l'énigme, mais le coût humain restait élevé. « Nous avons rendu justice à Marie, » se dit-il, mais le poids de la perte était encore palpable.

De retour à son bureau, l'inspecteur s'assura que tous les fils de l'enquête étaient bien noués, laissant un dossier complet pour les archives. Sa détermination et son acharnement dans cette affaire furent reconnus par ses collègues et la communauté, rétablissant la confiance dans la force de l'ordre de Nouméa.

La ville elle-même semblait respirer un peu plus facilement, sachant que la vérité sur la tragédie de Marie Leclerc avait été révélée. La résolution de l'affaire servit de rappel douloureux mais nécessaire sur l'importance de rester vigilant et de protéger les membres les plus vulnérables de la société.

Dubois savait que les leçons tirées de cette enquête seraient cruciales pour prévenir de futures tragédies. La mémoire de Marie, à travers les sombres révélations de son histoire, inciterait Nouméa à chercher justice et changement.

Alors que le soleil se couchait sur l'île, l'inspecteur regarda par la fenêtre, pensif. Marie Leclerc ne serait jamais oubliée. Son histoire, marquée par la tragédie mais aussi par la quête de vérité, continuerait d'inspirer et de rappeler à tous le coût de l'indifférence face à l'injustice.

L'affaire était close, mais l'impact de l'histoire de Marie sur Nouméa, et sur l'inspecteur Dubois, perdurerait. En cherchant la vérité, Dubois avait non seulement résolu un mystère mais avait aussi rendu hommage à une vie prise trop tôt, assurant que sa mémoire inspirerait des changements positifs dans les cœurs et les esprits de tous ceux qui avaient suivi l'affaire.

1. Accusateur - Accusatory
2. Archives - Archives
3. Condoléances - Condolences
4. Coupable - Guilty
5. Dérapé - Went awry
6. Éprouvante - Exhausting
7. Indifférence - Indifference
8. Jalousie maladive - Pathological jealousy
9. Meurtrier - Murderer
10. Motif - Motive
11. Nouée - Tied up
12. Pesant - Heavy
13. Rappel - Reminder
14. Résolution - Resolution
15. Tendue - Tense

Mystère à Marseille
Le Vol à la Banque

Dans la vibrante ville de Marseille, un événement inattendu perturbait la routine matinale. La Banque Centrale, un édifice imposant au cœur de la ville, avait été le théâtre d'un audacieux cambriolage. Le coffre-fort avait été forcé, et des objets de valeur s'étaient volatilisés.

L'inspecteur Pierre Dupont, connu pour son esprit vif et son expérience, fut immédiatement appelé sur les lieux. Dès son arrivée, il fut frappé par l'audace du vol. « Cela ressemble au travail de professionnels, » murmura-t-il en observant la porte du coffre éventrée.

Dupont commença par interroger les employés et les témoins. « Avez-vous remarqué des comportements suspects ou des individus non reconnus récemment ? » demanda-t-il à la directrice de la banque, une femme d'une cinquantaine d'années visiblement secouée par l'incident.

« Rien d'inhabituel, inspecteur. Les voleurs ont dû planifier cela minutieusement, » répondit-elle, ses mains tremblant légèrement.

L'analyse des images de sécurité révéla plusieurs individus masqués se déplaçant avec une précision militaire. Cependant, un détail retint l'attention de Dupont : un employé semblait éviter délibérément certaines zones de la banque peu avant le cambriolage. « Intéressant, » nota l'inspecteur, le regard aiguisé par la suspicion.

En examinant minutieusement la scène du crime, Dupont découvrit un petit bout de papier partiellement brûlé. Cela semblait être un fragment de note, possiblement lié au vol. « Tout indice est crucial, » se dit-il, en glissant le papier dans une pochette de preuves.

L'investigation prenait forme, orientant Dupont vers une hypothèse audacieuse : et si le cambriolage avait été facilité par quelqu'un à l'intérieur de la banque ? Cette pensée le conduisit à approfondir ses interrogatoires, scrutant chaque interaction et chaque mouvement des employés durant les jours précédant le vol.

« Nous devons vérifier chaque alibi, examiner chaque connexion. Personne n'est au-dessus de tout soupçon, » déclara Dupont à son équipe. Sa détermination à résoudre l'affaire était palpable, son intuition le guidant à travers le labyrinthe d'indices et de témoignages.

Tandis que la journée touchait à sa fin, l'inspecteur Pierre Dupont savait que l'enquête ne faisait que commencer. Le mystère entourant le vol à la Banque Centrale de Marseille promettait de révéler des secrets bien gardés et des alliances inattendues. Avec chaque indice découvert, Dupont se rapprochait de la vérité, déterminé à mettre au jour les auteurs de ce crime audacieux.

Le chapitre se clôt sur un Dupont contemplatif, scrutant les lumières de Marseille qui scintillaient à la tombée de la nuit. La résolution de l'affaire ne serait pas facile, mais l'inspecteur était résolu à suivre chaque piste, à déchiffrer chaque énigme, jusqu'à ce que justice soit rendue. La chasse était lancée, et Pierre Dupont ne reculerait devant rien pour démasquer les coupables derrière le vol à la banque.

1. Audacieux - Audacious
2. Cambriolage - Burglary
3. Coffre-fort - Safe
4. Connexion - Connection
5. Édifice - Building
6. Éventrée - Ripped open
7. Indice - Clue
8. Interrogatoire - Interrogation
9. Masqués - Masked
10. Militaire - Military
11. Papier partiellement brûlé - Partially burned paper
12. Pochette de preuves - Evidence bag
13. Secouée - Shaken
14. Suspect - Suspect

Les Indices Cachés

L'inspecteur Pierre Dupont savait qu'une enquête minutieuse des employés de la banque était essentielle pour démêler le fil de ce cambriolage audacieux. Armé de patience et de perspicacité, il commença à scruter le passé et le comportement récent de chaque employé, à la recherche d'indices révélateurs.

« Monsieur Dupont, nous avons remarqué des comportements inhabituels chez certains de nos employés ces derniers temps, » confia la directrice de la banque lors d'un entretien. Elle lui fournit une liste de noms, marquant le début d'une série d'investigations approfondies.

En examinant les dossiers financiers des employés suspects, Dupont découvrit des irrégularités flagrantes : des virements importants et inexpliqués, des acquisitions soudaines de biens de luxe. « Voilà qui est intéressant, » murmura-t-il, marquant les dossiers pour une analyse plus poussée.

L'analyse des relevés téléphoniques et des communications électroniques révéla des échanges fréquents avec des numéros inconnus, souvent codés ou énigmatiques. Dupont savait que décrypter ces messages serait la clé pour remonter jusqu'aux complices.

Suivant les conseils d'informateurs du milieu criminel, l'inspecteur découvrit l'existence d'un réseau d'accomplices, habilement dissimulé derrière des façades légales. « Ils ont bien joué, mais pas assez pour nous échapper, » conclut-il, déterminé.

Les messages cryptiques échangés entre les voleurs et leurs complices furent progressivement déchiffrés, révélant des plans détaillés du cambriolage et des indices sur le lieu de stockage du butin volé. Chaque message décrypté rapprochait Dupont et son équipe du cerveau de l'opération.

En resserrant l'étau autour des suspects, l'inspecteur parvint à identifier un petit groupe d'employés aux connexions et motivations suspectes. Ces individus, jusqu'alors considérés comme des employés modèles, étaient en réalité au cœur du complot.

Des preuves cruciales furent également recueillies sur la scène du crime, y compris des empreintes digitales et des traces ADN négligemment laissées derrière par les cambrioleurs. Chaque élément de preuve ajoutait une pièce au puzzle complexe que Dupont s'efforçait de résoudre.

L'enquête s'intensifiait à mesure que l'inspecteur Dupont se rapprochait de la vérité. Les indices cachés commençaient à former une image claire de l'organisation derrière le vol, exposant un plan soigneusement orchestré qui avait presque réussi.

« Nous les tenons, » déclara Dupont à son équipe, un plan d'action en tête. Il était prêt à frapper, convaincu d'avoir identifié non seulement les exécutants mais également le cerveau derrière le cambriolage.

Ce chapitre se termine sur un Dupont résolu, les yeux fixés sur l'horizon de Marseille. La ville, avec ses secrets et ses mystères, était sur le point de révéler l'un de ses complots les plus audacieux. L'inspecteur était prêt à démanteler ce réseau criminel, rendant justice à la banque et à ses clients innocents. La chasse était plus que jamais lancée, et Dupont ne reculerait devant rien pour capturer les responsables de ce vol spectaculaire.

1. Cambriolage - Burglary
2. Codés - Coded
3. Complices - Accomplices
4. Déchiffrés - Decrypted
5. Énigmatiques - Enigmatic
6. Inexpliqués - Unexplained
7. Inhabituel - Unusual
8. Irrégularités - Irregularities
9. Minutieuse - Thorough
10. Perspicacité - Insight
11. Relevés téléphoniques - Phone records
12. Réseau - Network
13. Révélant - Revealing
14. Virements - Transfers

La Trahison au Sein de la Police

L'enquête sur le vol audacieux à la Banque Centrale de Marseille prenait une tournure inattendue pour l'inspecteur Pierre Dupont. Après avoir patiemment démêlé un réseau complexe de complicités, une preuve troublante vint ébranler ses convictions : un des leurs, un officier de police, semblait impliqué dans le cambriolage.

Dupont, confronté à cette trahison, décida de confronter directement l'officier en question. « Comment avez-vous pu ? » demanda-t-il, la déception teintant sa voix d'une gravité inhabituelle.

L'officier, un homme autrefois respecté de ses pairs, répondit avec froideur : « Vous vous trompez, Dupont. Je n'ai rien à voir avec cette histoire. »

Refusant d'accepter cette dénégation sans preuve, Dupont plongea dans l'histoire personnelle de l'officier, découvrant un tissu de dettes et de décisions douteuses qui auraient pu le motiver à trahir ses serments. Les investigations révélèrent des connexions préoccupantes entre l'officier et des figures bien connues du milieu criminel marseillais.

« Il semble que vous ayez fait des amis intéressants récemment, » nota Dupont en examinant les dossiers de l'officier. La découverte d'une toile complexe de corruption au sein de la force de police le laissa à la fois consterné et déterminé à nettoyer les rangs.

Des témoins vinrent renforcer les soupçons, rapportant avoir vu l'officier en compagnie de personnages louches, dans des circonstances qui ne laissaient guère de place au doute. L'analyse des bandes de surveillance de la journée du vol montra l'officier prenant des itinéraires détournés et évitant soigneusement les caméras de sécurité.

Face à la résistance croissante de certains collègues, Dupont se sentit isolé mais pas découragé. Avec l'aide d'alliés fidèles, il construisit méticuleusement son dossier contre l'officier corrompu, collectant chaque indice, chaque preuve de sa trahison.

L'enquête prit un tournant dangereux lorsque Dupont, assemblant les pièces du puzzle, réalisa l'ampleur de la conspiration. Ce n'était pas seulement un cas isolé de corruption, mais un réseau bien établi, s'étendant au-delà de ce qu'il avait imaginé.

« Nous devons agir, et vite, » conclut Dupont, conscient des risques mais plus déterminé que jamais à faire éclater la vérité. La trahison au sein de la police était une plaie ouverte, menaçant l'intégrité de toute l'institution.

Ce chapitre se termine sur un Dupont résolu, prêt à affronter les conséquences de ses découvertes. La lutte contre la corruption interne s'annonçait comme son plus grand défi, mais l'inspecteur était déterminé à restaurer l'honneur de sa profession et à assurer que justice soit rendue, pour la Banque Centrale, pour Marseille, et pour l'intégrité de la loi.

Dans les ruelles ombragées de Marseille, l'inspecteur Dupont se préparait à dévoiler une vérité qui pourrait ébranler les fondations mêmes de la justice dans la ville, armé de son indéfectible sens du devoir et de sa quête inlassable de vérité.

1. Audacieux - Bold
2. Cambriolage - Burglary
3. Complicités - Complicities
4. Confronté - Faced
5. Conspirations - Conspiracies
6. Corrompu - Corrupt
7. Démêlé - Untangled
8. Détermination - Determination
9. Douteuses - Doubtful
10. Indéfectible - Unfailing
11. Inlassable - Tireless
12. Itinéraires - Routes
13. Préoccupantes - Worrying
14. Surveillance - Surveillance
15. Trahison - Betrayal

La Poursuite dans les Ruelles

L'air de Marseille était chargé d'une tension électrique alors que l'inspecteur Pierre Dupont se lançait dans une poursuite haletante à travers la ville. Son objectif : un officier de police corrompu, désormais fugitif, dont les actions avaient trahi non seulement son insigne mais toute la ville.

Dupont, agile et déterminé, esquivait les obstacles avec une précision remarquable, ses pas résonnant sur les pavés des ruelles labyrinthiques de Marseille. « Arrêtez-vous ! C'est fini ! » criait-il, mais l'officier corrompu ne faisait qu'accélérer, déterminé à échapper à la justice.

La course effrénée mena Dupont à un entrepôt désaffecté, un repaire caché où les biens volés étaient entreposés. L'inspecteur, le souffle court, se prépara à la confrontation. Face à lui, l'officier et ses complices, encerclés mais dangereux.

« Rendez-vous, et cela sera plus facile pour vous, » tenta Dupont, son arme pointée vers les criminels. L'officier, le regard dur, semblait peser ses options avant qu'une lutte désespérée ne s'ensuive.

Dupont, bien qu'outnuméré, faisait preuve d'une résistance et d'une astuce remarquables, parvenant à désarmer un des complices. C'était à ce moment critique que le renfort arriva, des sirènes déchirant le silence précaire, des renforts de police venant prêter main-forte à Dupont.

Avec l'aide de ses collègues, l'inspecteur réussit à maîtriser les criminels, récupérant les biens volés. L'ordre était enfin restauré à Marseille, grâce à son courage et à sa persévérance.

L'officier corrompu fut menotté, son regard évitant celui de Dupont. « Comment as-tu pu ? » fut la seule question que Dupont murmura, avant de le remettre aux autorités compétentes. La trahison avait été exposée, la justice rétablie.

Dans les jours qui suivirent, Dupont, bien que marqué par les événements, prit le temps de réfléchir sur l'affaire. Les défis avaient été nombreux, mais la vérité avait triomphé. Son engagement sans faille avait permis de mettre en lumière la corruption au sein de la police et de rendre les biens volés à la banque.

La reconnaissance pour son acte de bravoure ne tarda pas. Marseille, reconnaissante, célébra son héroïsme. Dupont, modeste, savait pourtant que la lutte contre la criminalité était loin d'être terminée. Chaque victoire était un pas de plus vers une ville plus juste, plus sûre.

Ce chapitre se clôt sur un Dupont contemplatif, regardant le coucher de soleil sur Marseille, la ville qu'il avait juré de protéger. La poursuite dans les ruelles était terminée, mais l'histoire de Dupont ne faisait que commencer. Sa détermination à combattre le crime, à révéler la vérité, restait inébranlable. Marseille pouvait compter sur lui pour veiller sur elle, un protecteur dans l'ombre, prêt à affronter les défis à venir.

1. Affronter - To confront
2. Astuce - Cunning
3. Complices - Accomplices
4. Détermination - Determination
5. Échapper - To escape
6. Effrénée - Frantic
7. Encerclés - Surrounded
8. Entreposés - Stored
9. Esquivait - Dodged
10. Fugitif - Fugitive
11. Haletante - Breathless
12. Labyrinthiques - Labyrinthine
13. Menotté - Handcuffed
14. Persévérance - Perseverance
15. Résistance - Resistance

La Vérité Révélée

Dans les derniers instants de son enquête, l'inspecteur Pierre Dupont se tenait face au cerveau du cambriolage, un homme qu'il avait jadis considéré comme un pilier de la communauté de

Marseille. « Pourquoi avoir orchestré un tel plan ? » demanda Dupont, le regard fixe, cherchant à comprendre les raisons derrière cette trahison.

« L'avidité, Dupont, l'avidité m'a conduit ici. Je pensais pouvoir m'en sortir, » avoua le maître d'œuvre, baissant les yeux devant la détermination de l'inspecteur.

Le procès qui suivit fut rapide, mais juste. Les criminels, y compris l'officier corrompu, furent jugés et condamnés pour leurs actes, rétablissant une forme de justice pour les victimes du vol et pour les citoyens de Marseille. La ville, un temps ébranlée par la nouvelle de la corruption au sein de sa police, pouvait enfin commencer à guérir.

Dupont, seul dans son bureau, réfléchissait à l'affaire qui venait de se conclure. « Chaque indice était un fil à tirer, chaque mensonge une piste à suivre, » songea-t-il. L'enquête avait été éprouvante, mais elle avait aussi été une leçon sur la nature humaine et sur l'importance de ne jamais abandonner, peu importe les obstacles.

Il prit un moment pour s'assurer que toutes les pistes avaient été explorées, que chaque complice avait été identifié et jugé. L'inspecteur Dupont avait promis de rendre justice, et il avait tenu parole.

La reconnaissance pour son travail acharné ne tarda pas. La ville de Marseille, reconnaissante, célébra son héroïsme et sa persévérance. Mais pour Dupont, la plus grande récompense était de savoir qu'il avait contribué à rendre sa ville plus sûre.

« Marseille continue de prospérer, grâce à ceux qui sont prêts à la protéger, » réfléchit Dupont en regardant par la fenêtre, observant les rues animées en dessous. L'incident de la banque était désormais derrière eux, mais l'inspecteur savait que d'autres défis l'attendaient.

Avec la fermeture de cette affaire, Dupont se tournait vers l'avenir, prêt à affronter de nouveaux mystères, de nouvelles enquêtes. Marseille, avec ses secrets et ses histoires, avait toujours besoin de protecteurs, et Dupont était plus que jamais résolu à être ce gardien.

Le chapitre se termine sur un Dupont contemplatif, mais optimiste, conscient des défis à venir mais également de sa capacité à les surmonter. La vérité sur le vol à la banque avait été révélée, la justice avait été rendue, et Marseille pouvait à nouveau regarder vers l'avenir avec espoir. Sous l'œil vigilant de l'inspecteur Dupont, la ville était entre de bonnes mains.

1. Acharné - Hardworking
2. Cambriolage - Burglary
3. Cerveau - Mastermind
4. Condamné - Convicted
5. Contemplatif - Contemplative
6. Corrompu - Corrupt
7. Détermination - Determination
8. Ébranlée - Shaken
9. Enquête - Investigation
10. Éprouvante - Taxing
11. Gardien - Guardian
12. Justice - Justice
13. Mensonge - Lie
14. Orchestré - Orchestrated
15. Trahison - Betrayal

Le Mystère de Saint-Pierre-et-Miquelon

L'Arrivée à Saint-Pierre-et-Miquelon

Luc Moreau, un détective spécial envoyé de Paris, arrive à Saint-Pierre-et-Miquelon par un matin brumeux et silencieux. Les îles lui apparaissent mystérieuses, enveloppées dans un voile de mystère qui semble cacher bien des secrets.

Dès son arrivée, Luc est accueilli par le commissaire local, un homme au visage marqué par les années et les préoccupations. « Bienvenue, Monsieur Moreau. Nous espérions votre venue avec impatience, » lui dit le commissaire avec un mélange de soulagement et d'inquiétude.

Luc reçoit un dossier épais sur la disparition d'Élise, une petite fille qui s'est volatilisée sans laisser de trace il y a 20 ans. La disparition d'Élise a laissé une cicatrice profonde sur la communauté insulaire, et la famille d'Élise est toujours en quête de réponses.

Après s'être installé, Luc rencontre la famille d'Élise. Leurs visages sont marqués par la tristesse et l'espoir ténu qu'un jour, la vérité éclatera. « Nous n'avons jamais perdu espoir, » murmure la mère d'Élise, les yeux remplis de larmes.

Dans la chambre d'Élise, presque intacte depuis sa disparition, Luc découvre un journal intime caché sous un plancher craquant. C'est le premier indice tangible qui pourrait mener quelque part. En l'ouvrant délicatement, Luc sent l'histoire d'Élise prendre vie à travers ses mots.

Le commissaire local, sceptique, exprime ses doutes à Luc. « Beaucoup ont essayé avant vous. Cette île garde ses secrets bien enfouis. » Mais Luc n'est pas découragé. Il visite l'endroit où Élise a été vue pour la dernière fois, un vieux ponton qui s'avance dans l'océan, comme un symbole de l'inconnu.

Les habitants de l'île, rencontrés au détour d'une rue ou dans un café local, partagent avec Luc des rumeurs et des légendes entourant la disparition. « Il y a des forces ici que nous ne comprenons pas, » lui dit un vieil homme en le regardant fixement.

Armé de témoignages et du journal d'Élise, Luc se lance dans la reconstitution des derniers jours de la petite fille. Chaque page du journal, chaque conversation, chaque indice découvert l'amène à croire que la réponse est à portée de main.

La journée se termine sur un mystère toujours non résolu, mais Luc est plus déterminé que jamais. « Je découvrirai la vérité, » se promet-il en regardant l'océan qui entoure l'île. La quête de Luc pour résoudre le mystère de Saint-Pierre-et-Miquelon ne fait que commencer.

1. Brumeux - Foggy
2. Cicatrice - Scar
3. Communauté insulaire - Island community
4. Craquant - Creaking
5. Détective spécial - Special detective
6. Disparition - Disappearance
7. Enfouis - Buried
8. Impatience - Impatience
9. Inexplorée - Unexplored
10. Intime - Intimate
11. Labyrinthe - Labyrinth
12. Ponton - Jetty
13. Préoccupations - Worries
14. Reconstitution - Reconstruction
15. Volatilisée - Vanished

Les Premières Découvertes

Dans le calme de son bureau improvisé, Luc examine minutieusement le journal intime d'Élise. Chaque page est une fenêtre ouverte sur la vie de la petite fille disparue. Soudain, une mention capte son attention : « Monsieur Lune, mon ami qui vient la nuit. » Intrigué par cette référence à un ami imaginaire, Luc se demande si cela pourrait être une piste à suivre.

Il décide alors d'approfondir son enquête sur les interactions d'Élise avec son entourage. À l'école, ses camarades et enseignants la décrivent comme une enfant rêveuse, souvent perdue dans ses pensées. « Élise parlait souvent de Monsieur Lune, comme si c'était un vrai ami, » lui confie une ancienne enseignante.

Luc rencontre ensuite quelques-uns des anciens amis d'Élise. « Elle était gentille, mais toujours dans son monde, » se souvient l'un d'eux. « On jouait ensemble, mais parfois, elle préférait être seule pour parler à Monsieur Lune. »

La découverte d'une vieille photo d'Élise debout près d'un phare abandonné oriente Luc vers un nouveau lieu à explorer. Arrivé au phare, l'atmosphère est empreinte de solitude et de mystère. À l'intérieur, caché sous un amas de débris, Luc trouve un bracelet appartenant à Élise. C'est une preuve tangible de sa présence en ces lieux.

Le gardien du phare de l'époque, un vieil homme aux yeux clairs, se souvient d'Élise. « Elle venait souvent ici, seule, regardant l'horizon. Elle disait qu'elle attendait Monsieur Lune, » raconte-t-il avec une pointe de tristesse.

Luc s'intéresse ensuite aux conditions météorologiques du jour de la disparition. « C'était une journée brumeuse, avec un vent fort venant du nord, » lui explique un spécialiste local. Ces éléments ajoutent une couche de complexité à l'affaire.

Lors d'une conversation avec un habitant, Luc apprend qu'un cirque itinérant était sur l'île le jour où Élise a disparu. Intrigué, il découvre que ce même cirque est de retour sur l'île après 20 ans d'absence. « C'est une coïncidence étrange, » pense Luc.

Déterminé, Luc décide de visiter le cirque, espérant y trouver des indices supplémentaires. L'ambiance du cirque est captivante, mais Luc reste concentré sur sa mission. Il parcourt les allées, observant les artistes et les spectacles, à la recherche de quelqu'un qui pourrait se souvenir d'Élise.

« Excusez-moi, » aborde Luc un jongleur, « étiez-vous ici il y a 20 ans, lors de votre dernière visite ? » Le jongleur, surpris, hoche la tête. « Oui, mais c'était une autre vie, » répond-il, laissant Luc perplexe.

Les premières découvertes de Luc l'ont mené sur des pistes intrigantes. L'ami imaginaire d'Élise, le phare abandonné, et le retour du cirque itinérant semblent être des éléments clés de cette énigme. Luc est plus déterminé que jamais à assembler les pièces du puzzle et à découvrir ce qui est arrivé à Élise.

1. Abandonné - Abandoned
2. Amas - Heap
3. Atmosphère - Atmosphere
4. Brumeuse - Misty
5. Camarades - Classmates
6. Débris - Debris
7. Déterminé - Determined
8. Empreinte - Marked
9. Enquête - Investigation
10. Imaginaire - Imaginary
11. Intime - Intimate
12. Météorologiques - Meteorological
13. Phare - Lighthouse
14. Puzzle - Puzzle
15. Rêveuse - Dreamy

Le Cirque des Secrets

Sous le grand chapiteau coloré, Luc observe avec attention les performances éblouissantes des artistes du cirque. Les acrobates virevoltent dans les airs, les clowns déclenchent des rires, et les dresseurs de lions imposent le respect. Mais l'esprit de Luc est ailleurs ; il est ici pour démêler les fils d'une énigme vieille de deux décennies.

Discrètement, il s'approche des artistes, leur posant des questions sous couvert de curiosité. « Vous souvenez-vous d'une petite fille nommée Élise ? Elle était fascinée par le cirque, » demande Luc à un jongleur.

La plupart haussent les épaules, mais une trapéziste aux yeux pétillants se fige à la mention d'Élise. « Élise ? Oui, je me souviens d'une petite fille qui venait nous voir à chaque représentation. Elle avait des étoiles dans les yeux, » raconte-t-elle avec nostalgie.

Encouragé, Luc l'interroge davantage. La trapéziste se remémore : « Elle adorait un clown en particulier. Elle l'appelait 'Monsieur Lune'. Il la faisait toujours rire. »

Intrigué par cette révélation, Luc fouille ensuite les recoins du cirque et découvre un vieux costume de clown, abandonné et couvert de poussière. Ce costume correspond étrangement à la description faite par Élise dans son journal intime.

Luc s'empresse de trouver le propriétaire du costume. Un vieux magicien, les mains tremblantes mais l'esprit vif, lui confie que « Monsieur Lune » était le nom de scène d'un clown particulièrement apprécié des enfants. « Il a quitté le cirque peu après la disparition d'Élise, » ajoute-t-il d'une voix basse.

Les archives du cirque, un capharnaüm de documents et d'affiches vieillies, recèlent une piste prometteuse. Luc y trouve une adresse qui pourrait le mener au clown disparu. Alors qu'il s'apprête à partir, un message anonyme glissé sous la porte de sa chambre l'avertit : « Arrêtez vos recherches si vous tenez à votre sécurité. »

Loin d'être intimidé, cet avertissement renforce la détermination de Luc. « Quelqu'un veut garder ce secret, » pense-t-il, « mais pourquoi ? »

Le mystère s'épaissit autour du cirque et de « Monsieur Lune ». Luc sait qu'il est sur le point de découvrir quelque chose de crucial. Malgré les menaces, il est résolu à suivre cette piste jusqu'au bout, convaincu que la clé de l'énigme d'Élise se trouve au bout de ce chemin semé d'obstacles et de secrets.

1. Acrobates - Acrobats
2. Affiches - Posters
3. Capharnaüm - Clutter
4. Chapiteau - Big top
5. Clowns - Clowns

6. Déclenchent - Trigger
7. Dresseurs - Trainers
8. Éblouissantes - Dazzling
9. Énigme - Mystery
10. Menaces - Threats
11. Nostalgie - Nostalgia
12. Pétillants - Sparkling
13. Prometteuse - Promising
14. Révélation - Revelation
15. Trapéziste - Trapeze artist

Sur les Traces du Clown

Après avoir quitté le cirque, Luc se dirige vers une petite ville voisine, dernier refuge connu du clown surnommé « Monsieur Lune ». Ses pas résonnent sur les pavés des ruelles tranquilles, chaque coin de rue semblant cacher une part de l'histoire qu'il cherche à démêler.

Dans un café local, Luc commence son enquête. « Excusez-moi, je recherche des informations sur un clown qui vivait ici il y a quelques années. Vous souvenez-vous de lui ? » demande-t-il à un serveur.

« Oh, vous parlez de Monsieur Lune ? Oui, tout le monde le connaissait. Un homme bon, mais très réservé, » répond le serveur en essuyant un verre.

Guidé par les indications des habitants, Luc découvre l'ancienne demeure du clown, une maison qui se dresse, solitaire et oubliée, à l'orée de la ville. La porte grince sous son poids alors qu'il entre, la poussière dansant dans les rayons de lumière qui filtrent à travers les volets clos.

À l'intérieur, il trouve des dessins éparpillés sur le sol du salon. Certains représentent Élise, souriante et pleine de vie, aux côtés de Monsieur Lune. D'autres montrent des moments de joie partagée entre la petite fille et le clown. Une connexion profonde unit les deux personnages, transcendant leur différence d'âge et de statut.

Une visite à la mairie révèle la triste vérité : le clown est décédé, quelques années seulement après la disparition d'Élise. Luc se rend alors au cimetière, où il trouve, sur la tombe de Monsieur Lune, des fleurs fraîches qui ne semblent pas avoir été apportées par le hasard ou le temps.

« Qui pourrait encore se souvenir du clown après tant d'années ? » se demande Luc, intrigué par cette découverte. Sa quête de réponses le mène à interroger le gardien du cimetière, qui lui confie voir régulièrement une femme mystérieuse déposer des fleurs sur la tombe.

Alors que Luc médite sur cette information, un inconnu l'aborde brusquement. « Vous ne savez pas dans quoi vous vous engagez. La vérité sur Élise pourrait être plus dangereuse que vous ne l'imaginez, » murmure l'homme avant de disparaître aussi vite qu'il est apparu.

Cet avertissement renforce la détermination de Luc. Il sait que chaque indice le rapproche de la vérité, peu importe les risques. La connexion entre Élise et le clown, les dessins trouvés dans la maison abandonnée, et les visites mystérieuses à la tombe de Monsieur Lune constituent des pièces d'un puzzle complexe.

Ignorant les menaces qui pèsent sur lui, Luc est résolu à suivre cette piste jusqu'au bout. « Je dois comprendre la relation entre Élise et Monsieur Lune, » se promet-il. Sa conviction est inébranlable : quelque part, au-delà des ombres du passé, se trouve la clé qui déverrouillera le mystère de la disparition d'Élise.

1. Abordé - Approached
2. Cimetière - Cemetery
3. Connexion - Connection
4. Démêler - Untangle
5. Demeure - Residence
6. Dessins - Drawings
7. Éparpillés - Scattered
8. Indications - Directions
9. Mairie - Town Hall

10. Mystérieuse - Mysterious
11. Pavés - Cobblestones
12. Ruelles - Alleys
13. Réservé - Reserved
14. Tranquilles - Quiet
15. Volets - Shutters

Les Ombres du Passé

Luc, déterminé à démêler l'histoire d'Élise, plonge dans les archives et les souvenirs du passé. Dans la maison abandonnée du clown, il découvre un paquet de lettres cachées, soigneusement dissimulées sous une planche du plancher. Ces correspondances, échangées entre le clown et un mystérieux personnage, révèlent peu à peu un secret inattendu.

Les lettres évoquent avec prudence un danger qui planait autour d'Élise, suggérant que le clown avait percé à jour un secret menaçant. Luc, intrigué, se demande quelle vérité pouvait bien être si dangereuse.

Poussé par cette nouvelle piste, Luc décide d'enquêter sur les origines d'Élise. Les discussions avec la mairie et une visite aux archives révèlent une vérité troublante : les documents d'adoption d'Élise ont été falsifiés. « Comment est-ce possible ? » murmure Luc, le cœur lourd.

Confrontant la famille adoptive d'Élise avec ces révélations, il rencontre un mur de silence qui finit par se briser. « Nous voulions la protéger, » avoue finalement le père adoptif, les yeux baissés. « Élise était la fille d'un criminel notoire. Nous l'avons cachée pour la sauver. »

Cette confession ouvre une nouvelle perspective sur la disparition d'Élise. Luc réalise que l'histoire criminelle de la famille biologique d'Élise pourrait être la clé du mystère. Une recherche approfondie dans les dossiers criminels le mène à un gang notoire qui, à l'époque, cherchait à se venger de son père.

Luc commence à suspecter que le gang pourrait avoir orchestré la disparition d'Élise pour atteindre sa famille. Cette hypothèse le conduit à élaborer un plan audacieux pour affronter le gang et découvrir leur possible implication.

Armé de cette nouvelle détermination, Luc se prépare à plonger dans le monde dangereux du crime organisé, espérant y trouver les réponses qu'il cherche. « Je dois faire ça pour Élise, » se dit-il, conscient des risques mais prêt à tout pour révéler la vérité.

Les ombres du passé commencent à se dissiper, révélant un réseau complexe de secrets et de mensonges. Luc sait que le chemin sera périlleux, mais la quête de justice pour Élise le pousse à avancer, quelles que soient les conséquences.

1. Adoption - Adoption
2. Archives - Archives
3. Confrontant - Confronting
4. Criminel - Criminal
5. Dangereux - Dangerous
6. Détermination - Determination
7. Dissimulées - Hidden
8. Falsifiés - Falsified
9. Gang - Gang
10. Implication - Involvement
11. Menaces - Threats
12. Mystérieux - Mysterious
13. Notoire - Notorious
14. Orchestré - Orchestrated
15. Périlleux - Perilous

Confrontation Nocturne

Dans l'obscurité enveloppante de la nuit, Luc organise une opération risquée pour appréhender les membres du gang suspectés d'être liés à la disparition d'Élise. Avec l'aide d'une équipe d'intervention discrètement recrutée, il se dirige vers la cachette du gang, le cœur battant à la perspective de ce qui l'attend.

Approchant silencieusement, Luc et son équipe se positionnent autour de l'endroit. Soudain, une tension palpable éclate en confrontation. Des cris et des bruits de lutte brisent le silence de la nuit. Après quelques minutes intenses, Luc et son équipe parviennent à maîtriser les suspects, les menottes cliquetant dans l'air frais de la nuit.

Durant l'interrogatoire qui suit, les membres du gang se montrent défiants, niant toute implication dans l'affaire d'Élise. « Nous ne savons rien d'une petite fille disparue, » clame l'un d'eux avec fermeté. Luc, cependant, trouve des preuves de leur implication dans d'autres crimes, mais rien qui ne puisse directement les lier à Élise.

Perplexe, Luc se retire pour réfléchir. Quelque chose ne colle pas dans l'histoire qu'il a reconstituée jusqu'à présent. En repensant à la chronologie des événements, une intuition le pousse à creuser plus profondément.

Son analyse minutieuse des preuves recueillies révèle des incohérences qui suggèrent une possible mise en scène. « Et si tout cela était destiné à détourner notre attention ? » se demande Luc, l'esprit en ébullition.

Convaincu qu'il a manqué quelque chose d'important, Luc décide de retourner au phare, là où il a trouvé le bracelet d'Élise. Sous la lueur mystérieuse de la lune, il fouille chaque recoin de la structure abandonnée, guidé par son instinct.

C'est alors qu'il découvre, cachée derrière une vieille cloison, une cachette secrète. À l'intérieur, une boîte contenant des objets personnels d'Élise, dont certains qu'il n'avait jamais vus auparavant. Parmi eux, une lettre écrite de la main d'Élise révèle un secret bouleversant : elle savait qu'elle devait se cacher pour échapper à un danger imminent.

« Si vous lisez ceci, sachez que je ne suis pas partie parce que je le voulais, mais parce que je devais me protéger, » écrivait Élise. La lettre mentionnait également un lieu de rendez-vous, un indice crucial qui pourrait mener Luc à l'étape suivante de son enquête.

Revigoré par cette découverte, Luc comprend que l'histoire d'Élise est loin d'être ce qu'elle semblait être. La lettre en sa possession, il sait désormais qu'il doit suivre cette nouvelle piste, espérant qu'elle le conduira enfin à la vérité sur la disparition d'Élise. La nuit s'achève, mais l'enquête de Luc prend un nouveau tournant, l'emmenant plus profondément dans les ombres du passé.

1. Appréhender - To apprehend
2. Cachette - Hideout
3. Cliquetant - Clanking
4. Confrontation - Confrontation
5. Défiants - Defiant
6. Ébullition - Boiling
7. Éclate - Bursts
8. Enveloppante - Enveloping
9. Incohérences - Inconsistencies
10. Interrogatoire - Interrogation
11. Maîtriser - To subdue
12. Menottes - Handcuffs
13. Perplexe - Perplexed
14. Risquée - Risky
15. Tension palpable - Palpable tension

Révélations Sur l'Île

Guidé par la lettre trouvée dans le phare, Luc navigue vers une petite île isolée au large de Saint-Pierre-et-Miquelon. L'air marin et le cri des mouettes l'accompagnent tandis qu'il approche de son but, le cœur battant à l'idée des révélations qui l'attendent.

Arrivé sur l'île, il découvre une communauté éloignée du reste du monde, un havre de paix où le temps semble s'être arrêté. C'est là qu'il rencontre une femme, Élise, qui prétend être la fille disparue il y a 20 ans. « Je suis celle que vous cherchez, » dit-elle avec une voix empreinte d'émotion.

Incrédule, Luc organise des tests ADN qui confirment sans l'ombre d'un doute qu'elle est bien Élise. La nouvelle le bouleverse. « Comment est-ce possible ? » murmure-t-il.

Élise partage alors son histoire. Elle avait été emmenée sur cette île pour la protéger de son père criminel, une vérité que le clown, un ami fidèle de sa famille, avait découverte. « Monsieur Lune a risqué sa vie pour me sauver, » explique-t-elle, les larmes aux yeux.

Luc apprend que la mort tragique du clown était directement liée à sa détermination à protéger Élise. « Il savait que je serais en sécurité ici, loin des dangers que mon père représentait, » dit-elle.

Élise révèle aussi son désir de revenir pour faire éclater la vérité sur sa disparition. « Je ne pouvais pas rester cachée pour toujours. Il était temps que le monde sache ce qui s'est vraiment passé, » affirme-t-elle avec conviction.

Avec l'aide de Luc, Élise rassemble les preuves nécessaires pour clarifier son histoire auprès des autorités. Peu à peu, la vérité sur sa disparition se répand, suscitant étonnement, soulagement et, pour certains, incrédulité.

Luc prend à cœur la protection d'Élise, veillant à sa réintégration progressive dans la société. « Nous veillerons à ce que tu sois en sécurité, Élise. Tu as toute ta place parmi nous, » lui assure-t-il.

La communauté de Saint-Pierre-et-Miquelon accueille Élise à bras ouverts, mettant fin à des années de mystère et de spéculation. « Bienvenue chez toi, Élise, » lui dit le maire, symbolisant l'acceptation et le soutien de tous.

Élise, entourée de l'affection de sa nouvelle famille et de la communauté, se tourne vers Luc avec gratitude. « Sans vous, je serais encore une ombre du passé. Merci, » dit-elle, lui offrant un sourire qui illumine son visage marqué par les épreuves.

Luc, ému, contemple le chemin parcouru. De l'énigme troublante qui l'a conduit jusqu'à cette île à la résolution d'un mystère vieux de deux décennies, il réalise l'importance de chercher la vérité, peu importe où elle mène.

Alors que le soleil se couche sur Saint-Pierre-et-Miquelon, Luc et Élise regardent ensemble vers l'avenir, prêts à écrire un nouveau chapitre de leurs vies, un chapitre où les ombres du passé laissent place à la lumière de la vérité et de l'espoir.

1. ADN - DNA
2. Communauté - Community
3. Cris - Cries
4. Éloignée - Remote
5. Emmenée - Taken
6. Empreinte - Imprint
7. Havre - Haven
8. Incrédule - Incredulous
9. Isolée - Isolated
10. Menottes - Handcuffs
11. Mouettes - Seagulls
12. Navigue - Navigates
13. Ombre - Shadow

L'Aube d'un Nouveau Jour

Au cœur de Saint-Pierre-et-Miquelon, Luc et Élise se tiennent côte à côte, déterminés à affronter leur passé et à assumer ensemble les conséquences. Aujourd'hui, ils partagent l'histoire d'Élise avec le monde, une histoire de disparition, de survie, et de révélation.

Ils organisent une conférence de presse, attirant journalistes et habitants, tous impatients de découvrir la vérité derrière le mystère qui a enveloppé l'île pendant deux décennies. "Je suis ici pour vous raconter mon histoire," commence Élise, sa voix claire résonnant dans le silence attentif de la salle.

Sa révélation ébranle la communauté, provoquant des larmes, des sourires de soulagement, et un profond sentiment de clôture. L'histoire d'Élise, celle d'une petite fille disparue, cachée pour sa protection, et finalement retrouvée, touche le cœur de tous.

Dans les jours suivant, grâce aux informations fournies par Élise, les autorités parviennent à capturer son père, un criminel qui s'était longtemps caché. La justice peut ainsi être rendue, non seulement pour Élise, figure héroïque de cette histoire, mais aussi pour les autres victimes du gang criminel.

Luc, le détective venu de Paris, est félicité par la communauté et les autorités pour sa détermination à résoudre l'affaire. "Votre travail a révélé la vérité et rendu la justice," lui dit le commissaire, reconnaissant.

Élise, touchée par le soutien de tous, décide de consacrer sa vie à aider ceux affectés par des crimes similaires. "Je veux utiliser mon expérience pour faire une différence," confie-t-elle à Luc.

Luc, méditant sur cette affaire complexe, réalise que la vérité dépasse souvent l'entendement. "Cette enquête m'a montré que la réalité est parfois plus étrange et complexe que tout ce que l'on peut imaginer," partage-t-il avec Élise.

La communauté de Saint-Pierre-et-Miquelon se rassemble pour célébrer la résolution de l'affaire, accueillant Élise parmi eux. "Tu es l'une des nôtres, Élise. Bienvenue à la maison," proclament les habitants, unis dans un esprit de réconciliation et de renouveau.

Dans le calme du matin, Luc prend un moment pour apprécier la sérénité de l'île, désormais libérée de son passé douloureux. La beauté paisible de Saint-Pierre-et-Miquelon lui rappelle que, même après les tempêtes les plus sombres, l'aube d'un nouveau jour peut apporter espoir et guérison.

Alors que le soleil se lève, illuminant l'horizon d'une lumière dorée, Luc et Élise contemplent l'avenir. Forts de leur expérience, ils sont prêts à commencer un nouveau chapitre de leur vie, une vie où le passé ne définit plus le présent mais éclaire le chemin vers un avenir plein de promesses.

Dans l'embrassement de l'aube, ils savent que, quelles que soient les épreuves à venir, ils les affronteront ensemble, avec courage et espoir, sur cette île qui les a vus lutter, grandir, et finalement triompher.

1. Aube - Dawn
2. Cœur - Heart
3. Déterminés - Determined
4. Disparition - Disappearance
5. Ébranle - Shakes
6. Embrassement - Embrace

7. Félicité - Congratulated
8. Impatients - Eager
9. Médite - Reflects
10. Partagent - Share
11. Résolution - Resolution
12. Révélation - Revelation
13. Sérénité - Serenity
14. Soulagement - Relief
15. Triompher - Triumph

La Traque Parisienne

L'Enquête Commence

Dans les rues animées de Paris, l'inspecteur Luc Moreau, un détective expérimenté, commence sa journée comme tant d'autres. Cependant, ce qui l'attend aujourd'hui est loin d'être ordinaire.

Tôt le matin, Luc reçoit un appel urgent de son supérieur. "Luc, plusieurs toxicomanes ont été retrouvés morts ces derniers jours. La situation est alarmante," lui dit son chef d'une voix grave.

Les victimes, toutes issues de différents quartiers de Paris, partagent un point commun troublant : les premières analyses suggèrent qu'elles sont décédées à cause d'une nouvelle drogue extrêmement dangereuse. Luc, intrigué et inquiet, se plonge tête première dans l'enquête.

Les rapports qu'il compile indiquent un réseau de contrebande bien organisé. "On dirait que cette drogue provient d'un gang ouest-africain," révèle Luc en examinant les documents étalés sur son bureau.

Déterminé à en savoir plus, Luc se rend dans le quartier où les dernières victimes ont été découvertes. Il interroge les habitants et les commerçants, cherchant des témoignages qui pourraient l'éclairer sur cette affaire sombre.

"Oui, j'ai vu des gens louches traîner autour ici dernièrement," lui confie une vieille dame, nerveuse. "Ils ne sont pas d'ici, c'est sûr."

Les pièces du puzzle commencent à s'assembler lorsque Luc découvre un lien entre les victimes et un groupe d'immigrants illégaux. "Le gang utilise ces pauvres gens pour distribuer leur poison," conclut Luc, le cœur lourd.

Son enquête le mène ensuite à analyser les saisies de drogues récentes par la police. En comparant les échantillons, Luc trouve des similitudes frappantes avec la substance qui a tué les toxicomanes.

Avec une piste solide en main, Luc découvre l'existence d'un entrepôt suspect à la périphérie de Paris. "C'est peut-être là-bas qu'ils stockent la drogue," se dit-il, marquant l'adresse sur sa carte.

Il décide alors de mettre en place une surveillance discrète de l'entrepôt, espérant obtenir des informations précieuses qui pourraient mener à l'arrestation des responsables de cette vague de morts tragiques.

"Cet entrepôt pourrait être la clé de toute l'affaire," murmure Luc en préparant son matériel d'espionnage. "Il est temps de mettre un terme à ce cauchemar."

Alors que la nuit tombe sur Paris, Luc se poste dans l'ombre, observant l'entrepôt avec une attention de faucon. Peu importe le temps que cela prendra, il est résolu à démanteler ce réseau et à rendre justice aux victimes de cette drogue mortelle.

L'enquête de Luc Moreau ne fait que commencer, mais il sait que chaque indice, chaque témoignage, le rapproche un peu plus de la vérité. Dans les ruelles sombres de Paris, un combat contre le temps et le crime s'engage, un combat que Luc est déterminé à gagner.

1. Animées - Lively
2. Cauchemar - Nightmare
3. Contrebande - Smuggling
4. Décédées - Deceased
5. Démanteler - Dismantle
6. Enquête - Investigation
7. Espionnage - Espionage
8. Intrigué - Intrigued
9. Louches - Suspicious
10. Matériel - Equipment
11. Périphérie - Outskirts
12. Rapproche - Brings closer
13. Réseau - Network
14. Surveillance - Surveillance
15. Toxicomanes - Drug addicts

L'Ombre du Gang

Dans les premières lueurs de l'aube, Luc et son équipe se positionnent discrètement autour de l'entrepôt suspect. Ils observent attentivement l'activité, notant les allées et venues de plusieurs individus qui semblent directement liés au gang ouest-africain. Luc, les yeux rivés sur l'entrée principale, repère un homme qui dirige les opérations. "C'est lui, l'homme clé," murmure-t-il à son coéquipier.

Déterminé à en savoir plus, Luc tente d'approcher discrètement quelques immigrants qui travaillent pour le gang. "Bonjour, je ne veux pas vous effrayer, je suis ici pour aider," commence-t-il, essayant de gagner leur confiance. Cependant, la peur est palpable dans leurs yeux. "Ils ont dit qu'ils feraient du mal à nos familles si on parlait," chuchote l'un d'eux, regardant nerveusement autour de lui.

Cette révélation choque Luc, mais renforce sa détermination à démanteler le gang. Alors qu'il pèse ses prochaines actions, son téléphone sonne. Un avertissement anonyme retentit à l'autre bout de la ligne: "Arrêtez votre enquête si vous tenez à votre sécurité." Luc, bien que légèrement ébranlé, décide d'ignorer l'avertissement. "Je ne peux pas les laisser s'en tirer avec ça," se dit-il avec résolution.

Pour renforcer son enquête, Luc contacte Interpol, espérant obtenir des informations cruciales sur le gang. Sa collaboration porte ses fruits : il découvre l'existence d'un réseau complexe impliqué dans la contrebande de drogues à travers l'Afrique et l'Europe.

Armé de ces nouvelles informations, Luc obtient un mandat pour une descente dans l'entrepôt. L'opération est lancée avec rapidité et précision. À l'intérieur, ils découvrent une quantité importante de drogues, prouvant sans l'ombre d'un doute l'implication du gang dans leur distribution à Paris. Cependant, malgré le succès de la saisie, les principaux suspects, y compris l'homme clé repéré plus tôt, parviennent à s'échapper.

De retour au poste de police, Luc et son équipe analysent les preuves saisies. "Ils étaient bien préparés pour une descente. Ils ont dû être avertis," conclut Luc, frustré mais pas vaincu. "Nous devons continuer à les traquer. Ils ne vont pas s'arrêter tant qu'ils ne seront pas derrière les barreaux," ajoute-t-il, galvanisant son équipe pour la suite de l'enquête.

La découverte de l'entrepôt et la menace reçue au téléphone ne font qu'accentuer l'urgence de l'affaire pour Luc. Il sait que chaque minute compte et que le gang continuera à mettre des vies en danger tant qu'il restera en liberté. La traque contre l'ombre du gang ouest-africain ne fait que commencer, et Luc est plus déterminé que jamais à mettre fin à leur règne de terreur à Paris.

1. Aube - Dawn
2. Avertissement - Warning
3. Barreaux - Bars (of a prison)
4. Contrebande - Smuggling
5. Déterminé - Determined
6. Ébranlé - Shaken
7. Entrepôt - Warehouse
8. Galvaniser - Galvanize
9. Immigrants - Immigrants
10. Lueurs - Glimmers
11. Mandat - Warrant
12. Opérations - Operations
13. Palpable - Palpable
14. Positionnent - Position
15. Réseau - Network

La Traque

Après la descente dans l'entrepôt, Luc et son équipe ne perdent pas de temps. Au commissariat, ils épluchent les preuves, cherchant des indices pour retracer les fuyards. Parmi les documents saisis, Luc découvre des notes cryptées suggérant une prochaine grosse livraison de drogue. "Ils ne s'arrêtent jamais," murmure Luc, déterminé.

Grâce à un travail d'analyse minutieux, l'équipe localise un appartement dans un quartier discret de Paris, utilisé par le gang comme planque. La surveillance de l'appartement révèle des allées et venues suspectes, particulièrement la nuit. "Ils se croient malins," note Luc, observant les images de surveillance.

Pour infiltrer le gang, Luc décide de mettre en place une opération sous couverture. Un de ses agents les plus fiables, Camille, est choisi pour l'opération. "Tu es notre meilleur atout, Camille. Sois prudent," lui conseille Luc avant le début de la mission.

Camille réussit à s'approcher de l'homme clé, se faisant passer pour un acheteur potentiel. Au fil des rencontres, il obtient des informations précieuses sur le lieu et le moment de la prochaine livraison de drogue. "Ils prévoient le coup demain soir, près du quai," rapporte Camille à Luc lors d'un briefing secret.

Cependant, l'enquête prend un tournant inattendu lorsque Luc découvre que le gang a des taupes au sein de la police. Cette révélation le pousse à garder les détails de l'opération secrète, partagés uniquement avec son équipe la plus proche. "On ne peut faire confiance à personne d'autre," admet-il, la tension palpable.

Avec cette menace de fuite minimisée, Luc organise une embuscade minutieusement planifiée pour intercepter la livraison de drogue. Toute l'équipe est sur le qui-vive, prête à agir au signal de Luc.

L'opération se déroule sous le couvert de l'obscurité. À l'heure prévue, le gang arrive, ignorant le piège qui les attend. L'embuscade est lancée, et dans la confusion qui s'ensuit, la police parvient à saisir une quantité importante de drogues. Cependant, dans le chaos, l'homme clé parvient à s'échapper, glissant comme une ombre dans la nuit.

De retour au commissariat, l'équipe est partagée entre la satisfaction de la saisie réussie et la frustration de voir l'homme clé leur échapper une fois de plus. "Ce n'est qu'une question de temps avant qu'on l'attrape," promet Luc, refusant de laisser cet échec définir l'opération.

La traque se poursuit, chaque indice, chaque information ajoutant une pièce au puzzle complexe de cette affaire. Luc sait que la route sera longue et semée d'embûches, mais la détermination de son équipe et sa propre résolution restent inébranlables. Ils ne s'arrêteront pas avant d'avoir mis fin aux agissements du gang et assuré la sécurité des rues de Paris. La lutte contre le crime ne connaît pas de répit, et pour Luc et son équipe, chaque jour est un nouveau défi à relever.

1. Appartement - Apartment
2. Briefing - Briefing
3. Commissariat - Police station
4. Couverture - Cover
5. Cryptées - Encrypted
6. Défi - Challenge
7. Détermination - Determination
8. Embûches - Obstacles
9. Embuscade - Ambush
10. Fuyards - Fugitives
11. Indice - Clue
12. Livraison - Delivery
13. Minutieux - Thorough
14. Planque - Hideout
15. Quai - Quay

Sous Couverture

Après l'échec de la capture de l'homme clé du gang, Luc, frustré mais déterminé, décide de prendre une mesure audacieuse. "Je vais m'infiltrer moi-même," annonce-t-il à son équipe, qui le regarde, inquiète mais confiante en ses compétences.

Se faisant passer pour un acheteur potentiel de la nouvelle drogue dangereuse, Luc utilise les contacts établis par son agent infiltré, Camille, pour approcher le gang. "Ils mordront à l'hameçon," assure Camille, préparant Luc pour son nouveau rôle.

Grâce à une communication habile, Luc réussit à organiser une rencontre avec des membres du gang dans un café discret, loin des regards indiscrets. L'adrénaline monte alors qu'il se prépare à jouer le rôle le plus dangereux de sa carrière.

Lors de la rencontre, Luc fait face à l'homme clé, un individu charismatique mais impitoyable. Se présentant comme un criminel expérimenté, Luc parvient à capter l'intérêt du gang. "J'ai une proposition qui pourrait vous intéresser," lance Luc, feignant l'assurance.

Son offre d'un faux deal lucratif gagne rapidement la confiance du gang. Au fil de la conversation, Luc découvre leur ambition d'élargir leur réseau en Europe. "C'est une opportunité en or," réagit l'homme clé, intrigué par la proposition de Luc.

En cachette, Luc communique les informations vitales à son équipe, qui se prépare à intervenir au moment opportun. "Restez prêts," murmure-t-il dans son micro caché.

Le gang, confiant dans le nouveau partenariat, invite Luc à visiter un second entrepôt où la drogue est stockée. "Vous verrez, nous jouons dans la cour des grands," se vante l'homme clé, conduisant Luc au cœur de leur opération.

Pendant la visite, Luc mémorise chaque détail, chaque preuve cruciale pour l'enquête. Avec discrétion, il réussit à transmettre l'emplacement de l'entrepôt à son équipe, prête à agir sur son signal.

Alors que Luc quitte l'entrepôt, son cœur bat la chamade, conscient du danger mais aussi de l'importance de sa mission. "C'est presque fini," se dit-il, espérant que son infiltration mènera à la chute du gang.

De retour au commissariat, Luc et son équipe finalisent leur plan d'intervention. "Grâce à toi, on a une longueur d'avance," le félicite Camille, admiratif de son courage.

La nuit tombe sur Paris, et l'opération se prépare. Luc, bien que sous couverture, reste un inspecteur dévoué à la justice, prêt à risquer sa vie pour protéger sa ville du fléau de la drogue. La tension est à son comble, mais Luc sait que chaque risque en vaut la peine pour démanteler le gang et sauver des vies.

1. Adrénaline - Adrenaline
2. Audacieuse - Bold
3. Charismatique - Charismatic
4. Comble - Peak
5. Dévoué - Dedicated
6. Discret - Discreet
7. Échec - Failure
8. Fléau - Scourge
9. Habile - Skilful
10. Hameçon - Hook
11. Impitoyable - Ruthless
12. Infiltrer - Infiltrate
13. Lucratif - Lucrative
14. Opportunité - Opportunity
15. Partenariat - Partnership

La Justice Triomphe

Après des semaines d'infiltration, Luc retire enfin son déguisement d'acheteur de drogue pour reprendre son rôle d'inspecteur à la police de Paris. L'homme clé, maintenant en garde à vue, révèle lors de l'interrogatoire l'existence d'un réseau international du gang. Les informations qu'il fournit sont cruciales et permettent de lancer d'autres opérations à travers l'Europe pour démanteler ce réseau.

Luc reçoit des remerciements de la part des toxicomanes sauvés et des familles des victimes. "Merci, Luc. Vous nous avez rendu l'espoir," lui dit une mère, les yeux emplis de larmes.

La police organise une cérémonie en l'honneur de Luc pour saluer son courage et son ingéniosité tout au long de l'opération. "Votre dévouement est un exemple pour nous tous," déclare le commissaire, remettant à Luc une médaille d'honneur.

Pourtant, Luc reste pensif face aux dangers qu'il a rencontrés durant son infiltration. "C'était nécessaire, mais chaque décision était un risque," confie-t-il à un collègue.

Il décide de visiter les familles des victimes, leur apportant un peu de paix et de soutien dans leur deuil. "Votre force est une inspiration pour nous tous. La justice a été rendue," leur assure-t-il avec empathie.

Les médias se font l'écho du succès de l'opération, mais Luc garde les pieds sur terre. "Ce n'est pas le travail d'un seul homme. C'est une victoire d'équipe," répond-il humblement lors d'une interview.

Luc et son équipe prennent un moment pour discuter des leçons apprises et de l'importance de continuer la lutte contre la drogue. "Ce n'est qu'une bataille de gagnée. La guerre continue," rappelle Luc, conscient du chemin qui reste à parcourir.

Une cérémonie est organisée en l'honneur de Luc et de son équipe, reconnaissant leur bravoure et leur détermination. La salle résonne d'applaudissements alors que Luc, toujours modeste, remercie ses collègues pour leur soutien infaillible.

Alors que le soleil se couche sur Paris, Luc contemple la ville depuis le toit du commissariat. La ville brille d'une lumière douce, symbolisant la paix retrouvée après la tempête. Luc se sent satisfait d'avoir rendu justice, mais il sait que la lutte contre le crime continue. "Demain est un autre jour," se dit-il, prêt à relever les défis futurs avec la même détermination et le même espoir.

Ce chapitre clôturant l'histoire illustre la victoire de la justice et la résilience de ceux qui se battent pour elle, offrant une conclusion à la fois satisfaisante et réfléchie sur les enjeux de la lutte contre le crime organisé.

1. Applaudissements - Applause
2. Bravoure - Bravery
3. Déguisement - Disguise
4. Dévouement - Dedication

5. Drogue - Drug
6. Garde à vue - Custody
7. Ingéniosité - Ingenuity
8. Interrogatoire - Interrogation
9. Médaille d'honneur - Medal of Honor
10. Opérations - Operations
11. Pensif - Thoughtful
12. Réseau - Network
13. Résilience - Resilience
14. Toxicomanes - Drug addicts
15. Victoire - Victory

Mystères dans la forêt de Guyane

La découverte macabre

Dans la dense forêt de la Guyane française, un silence pesant régnait, rompu seulement par le cri lointain d'un oiseau exotique. Ce calme fut brusquement perturbé par la découverte alarmante d'une main coupée, trouvée par un groupe de policiers en patrouille. La main semblait surgir du sol, comme un dernier appel à l'aide. Les enquêteurs, guidés par l'inspecteur Dubois, examinèrent la scène sans trouver d'autres parties du corps.

"Regardez, il y a un bracelet près de la main," dit Dubois en se penchant pour mieux observer l'objet étrange. Le bracelet, orné de symboles qui semblaient anciens et mystérieux, n'apportait aucune réponse, seulement plus de questions.

Dubois, l'esprit troublé par cette découverte, retourna au poste pour approfondir son enquête. Il apprit que la main appartenait à un homme récemment signalé disparu, connu pour avoir des dettes envers des individus peu recommandables. Interrogeant la famille du disparu, Dubois tenta de comprendre le lien entre cet homme et le crime organisé qui sévissait dans la région.

"Mon frère avait des problèmes d'argent... Il devait de l'argent à des gens dangereux," avoua la sœur de la victime, les yeux emplis de peur. "Je lui ai dit de faire attention."

Dubois nota soigneusement chaque mot. "Ces gens dangereux, avez-vous des noms ? Des visages ?" demanda-t-il, espérant une piste.

"Je ne sais pas... Je ne sais pas," répéta-t-elle, secouée d'un frisson.

La nuit tombée, Dubois fut hanté par ses pensées. Les images des rituels vaudou et les cris perçants qui semblaient venir de la forêt peuplèrent ses rêves. Un sentiment d'urgence l'envahissait ; il devait agir vite pour démêler cette affaire.

Le lendemain, Dubois et son équipe organisèrent une réunion pour discuter de l'affaire. "Nous devons explorer chaque piste, chaque rumeur. Ce bracelet, ces dettes, le vaudou... Tout pourrait être lié," expliqua-t-il, projetant les photos de la scène du crime sur le mur.

"Et si c'était juste un accident ? Ou un animal ?" proposa un jeune policier, sceptique.

"Non, c'est l'œuvre de l'homme. Pas de trace de lutte avec un animal. Et ce bracelet... c'est peut-être un indice crucial. Nous devons en savoir plus sur ces symboles," rétorqua Dubois, convaincu que la clé de l'énigme résidait dans les détails les plus infimes.

L'enquête prenait un tournant sombre, mêlant le monde souterrain du crime organisé à des pratiques ancestrales et mystérieuses. Dubois savait qu'il devait naviguer avec prudence dans ces eaux troubles, où chaque indice pouvait être un piège ou la clé de la résolution de l'affaire. La découverte macabre dans la forêt n'était que le début d'une longue série d'énigmes que l'inspecteur Dubois était déterminé à résoudre.

1. Anciens - Ancient
2. Appartenait - Belonged
3. Bracelet - Bracelet
4. Découverte - Discovery
5. Démêler - Unravel
6. Dense - Dense
7. Dettes - Debts
8. Enquêteurs - Investigators
9. Frémir - Shiver
10. Macabre - Macabre
11. Patrouille - Patrol
12. Pesant - Heavy
13. Régnait - Reigned
14. Souterrain - Underground
15. Vaudou - Voodoo

Sur la piste du vaudou

La lumière du jour commençait à peine à percer à travers les denses canopées de la forêt guyanaise quand un deuxième morceau macabre fut découvert. Cette fois, c'était un pied, retrouvé non loin d'un site connu pour avoir été le théâtre de rituels anciens. L'inspecteur Dubois, déjà profondément troublé par la tournure que prenait l'affaire, fut immédiatement informé.

"Un pied ? Êtes-vous sûr ?" demanda Dubois au téléphone, son intuition lui disant que cette affaire était loin d'être ordinaire.

"Oui, inspecteur. Et il semble qu'il y ait des marques... comme des gravures autour," répondit l'agent sur le terrain, sa voix trahissant une pointe d'inquiétude.

Dubois savait qu'il devait approfondir la piste du vaudou. Il prit rendez-vous avec un expert local en la matière, espérant démêler le vrai du faux dans les rumeurs qui commençaient à se répandre dans la communauté.

"Le vaudou est une religion de paix et de connexion avec les ancêtres. Ce que vous décrivez, ce n'est pas le vaudou que nous pratiquons," expliqua l'expert, un homme d'un certain âge aux yeux sages.

"Mais ces symboles, ces rituels... Pourraient-ils être détournés ? Utilisés à mauvais escient ?" insista Dubois, montrant les photos du bracelet et du site de la découverte.

L'expert secoua la tête. "Peut-être. Mais ce serait l'œuvre de quelqu'un qui n'a pas compris notre culture. Ou qui cherche à la manipuler."

La conversation laissa Dubois perplexe mais déterminé. Le pied fut identifié comme appartenant à une autre personne disparue de la région, une connaissance de la première victime. Les fils de l'enquête commençaient à s'entremêler, menant Dubois et son équipe vers un bar fréquenté par les deux victimes.

"Nous allons devoir garder un œil sur ce bar. Il se pourrait qu'il soit le lien entre nos victimes... et peut-être même notre coupable," conclut Dubois lors de la réunion d'équipe.

La surveillance du bar révéla des transactions louches et des allées et venues suspectes à des heures improbables. L'arrestation d'un homme au cœur de ces échanges fut un tournant. Cependant, malgré la pression, le suspect garda le silence, refusant de divulguer la moindre information.

C'est en fouillant minutieusement le bar que Dubois trouva un indice crucial : un symbole vaudou gravé sous l'une des tables. "Regardez cela," dit Dubois à son équipe, leur montrant la gravure. "Ce symbole... c'est le même que sur le bracelet. Nous sommes sur la bonne piste."

La découverte renforça la conviction de Dubois que l'affaire plongeait ses racines bien plus profondément dans le tissu de la Guyane française qu'il ne l'avait initialement pensé. La vérité semblait se dissimuler dans l'ombre, attendant d'être mise en lumière par l'inspecteur et son équipe. La nuit tombait sur Cayenne, mais pour Dubois, l'enquête ne faisait que commencer.

1. Ancêtres - Ancestors
2. Canopées - Canopies
3. Connexion - Connection
4. Détournés - Misused
5. Gravures - Engravings
6. Guyanaise - Guyanese
7. Inquiétude - Worry
8. Intuition - Intuition
9. Macabre - Macabre
10. Manipuler - Manipulate
11. Perplexe - Perplexed
12. Rituels - Rituals
13. Suspectes - Suspect
14. Troublé - Troubled
15. Vaudou - Voodoo

L'œil qui voit tout

La nouvelle de la libération du suspect se répandit rapidement au sein de la police de Cayenne, provoquant frustration et incrédulité. "Sans preuves solides, nos mains sont liées," expliqua le supérieur de Dubois, un air de défaite pesant dans ses yeux. Dubois, cependant, ne pouvait se résoudre à l'immobilisme.

La découverte choquante d'un œil, exposé au centre de la place du marché comme un trophée macabre, secoua la communauté. La mise en scène horrifique ne laissait aucun doute sur les intentions de l'auteur : semer la terreur.

"C'est un message, mais de qui ? Et pourquoi ?" murmura Dubois en observant la scène sécurisée, les passants regardant avec horreur et curiosité.

La réponse vint sous la forme d'une connexion inattendue. En fouillant dans le passé des victimes, Dubois découvrit qu'elles avaient toutes deux des liens avec un gang local, connu pour ses rituels intimidants. "Il y a un motif, un fil conducteur qui relie tout cela," conclut-il, déterminé à suivre cette piste jusqu'au bout.

Une perquisition audacieuse chez le leader du gang révéla des preuves incriminantes : des objets rituels, des armes, mais rien qui ne puisse directement le lier aux meurtres. Le plus frustrant fut l'alibi du leader, corroboré par plusieurs témoins. "Je n'ai rien à voir avec vos histoires," se défendit-il avec arrogance lors de l'interrogatoire.

L'avertissement d'un ancien pratiquant du vaudou vint compliquer les choses. "Vous ne savez pas dans quoi vous vous engagez. Laissez les esprits tranquilles," murmura-t-il à Dubois, un regard grave dans ses yeux fatigués.

C'est alors qu'une vieille femme, ayant assisté à l'échange, s'approcha discrètement de Dubois. "Prenez ceci," dit-elle en lui tendant un petit talisman. "Cela vous protégera des mauvaises énergies."

"D'où vient-il ?" demanda Dubois, intrigué par l'objet et la soudaine générosité de la femme.

"Du cœur de la forêt. C'est tout ce que vous devez savoir," répondit-elle avant de disparaître dans la foule, aussi mystérieusement qu'elle était apparue.

L'enquête prit une tournure encore plus étrange lorsque les empreintes trouvées près de l'œil ne correspondirent à aucun fichier connu. "Comme si notre coupable était un fantôme," songea Dubois, contemplant le talisman. "Ou pire, quelque chose de non humain."

La tension montait dans les rues de Cayenne, la peur du prochain acte du criminel se mêlant aux superstitions locales. Dubois, bien que sceptique face aux avertissements et aux talismans, ne pouvait ignorer l'atmosphère lourde d'angoisse qui enveloppait la ville. Il savait que pour résoudre cette affaire, il devait garder l'esprit ouvert et se préparer à affronter des vérités qui défiaient la logique.

Chaque indice semblait l'entraîner plus profondément dans un labyrinthe de mystères et de dangers. Mais Dubois était résolu à poursuivre, armé de son talisman et d'une détermination inébranlable, pour révéler la vérité cachée derrière l'œil qui voit tout.

1. Alibi - Alibi
2. Arrogance - Arrogance
3. Connexion - Connection
4. Défaite - Defeat
5. Empreintes - Fingerprints
6. Engagez - Engage
7. Frustration - Frustration
8. Incrédulité - Incredulity
9. Libération - Release
10. Mise en scène - Staging
11. Motif - Motif
12. Perquisition - Search
13. Pratiquant - Practitioner
14. Talisman - Talisman
15. Trophée - Trophy

Le message dissimulé

L'inspecteur Dubois, accompagné d'un expert en scènes de crime, retourna aux différents sites où les macabres découvertes avaient été faites. Malgré la chaleur étouffante qui pesait sur la Guyane, ils examinèrent minutieusement chaque centimètre carré, cherchant ce qui aurait pu échapper aux premières investigations.

C'est près de l'endroit où l'œil avait été trouvé que leur persévérance fut récompensée. "Regardez, là, sous cette pierre," murmura l'expert, désignant un papier protégé par un plastique. Dubois s'empressa de le dégager et y découvrit un message codé.

"Un message ? Mais pourquoi le cacher ici ?" s'interrogea Dubois, les sourcils froncés.

Ils emportèrent le message au poste pour le décrypter. Après plusieurs heures de travail acharné, le message révéla une adresse, celle d'une maison abandonnée à la périphérie de Cayenne.

Arrivés sur place, ils pénétrèrent avec prudence dans la bâtisse qui semblait n'avoir pas accueilli de visiteurs depuis des années. La poussière et le silence régnaient en maîtres, mais c'est dans une pièce cachée derrière une fausse paroi qu'ils firent une découverte glaçante : des photos des victimes, chacune marquée de symboles rituels.

"Regardez," dit Dubois, tendant une note trouvée avec les photos. "Ces mots... 'Pour chaque mensonge, une dette à payer.' Ccla parle de vengeance."

En examinant plus attentivement les documents trouvés sur place, Dubois fit le lien entre les victimes et un procès datant de plusieurs années. Toutes avaient été membres d'un jury qui avait condamné un homme pour des pratiques vaudou illégales. L'homme en question avait juré de se venger avant d'être emmené.

"Cet homme... il doit être derrière tout ça," conclut Dubois. "Mais où est-il maintenant ?"

Une recherche rapide révéla que l'homme avait disparu sans laisser de trace peu après sa libération. Dubois en était convaincu, cet homme utilisait le vaudou, ou du moins sa réputation, comme couverture pour ses actes de vengeance.

Alors que la nuit tombait, Dubois décida de rentrer, la tête pleine de pensées troublantes. C'est alors qu'il sentit une présence derrière lui. Se retournant rapidement, il aperçut une ombre qui disparut aussitôt dans l'obscurité.

"Qui est là ?" lança-t-il, le cœur battant. Mais aucune réponse ne vint, seulement le bruissement des feuilles sous une brise légère.

Dubois ne pouvait s'empêcher de penser que l'homme qu'ils traquaient était maintenant au courant qu'ils étaient sur sa piste. Cette chasse à l'homme devenait de plus en plus dangereuse, mais l'inspecteur était plus déterminé que jamais à mettre un terme à cette série de crimes terrifiants.

En rentrant chez lui, Dubois ne put échapper au sentiment d'être suivi, observé. L'ombre mystérieuse n'était-elle que le fruit de son imagination, ou bien était-ce un avertissement de son adversaire ? Une chose était sûre, la vérité était encore loin, cachée dans l'ombre de secrets bien gardés.

1. Abandonnée - Abandoned
2. Acharné - Tireless
3. Adversaire - Opponent
4. Chasse - Hunt
5. Codé - Coded
6. Décrypter - Decrypt
7. Dette - Debt
8. Étouffante - Stifling
9. Glaçante - Chilling
10. Imagination - Imagination
11. Mensonge - Lie
12. Ombre - Shadow
13. Paroi - Wall
14. Persévérance - Perseverance
15. Vengeance - Vengeance

Vérités cachées

L'inspecteur Dubois commença sa journée avec une découverte troublante : une lettre anonyme glissée sous sa porte, lui intimant d'abandonner l'enquête. "Arrêtez vos recherches si vous tenez à votre vie," pouvait-on lire en lettres menaçantes. Dubois froissa la lettre entre ses mains, sa détermination renforcée plutôt qu'entamée par cette tentative d'intimidation.

La journée prit une tournure encore plus sombre lorsqu'un cœur humain fut découvert au milieu du marché local, exposé de manière à ce que personne ne puisse ignorer sa présence macabre. L'analyse rapide confirma l'impensable : le cœur appartenait à un autre membre du jury qui avait condamné l'homme aux pratiques vaudou.

"C'est une exécution méthodique... Il les punit tous, un par un," murmura Dubois à son équipe, un frisson d'horreur parcourant son échine.

En fouillant dans les archives du tribunal, Dubois déterra un vieux dossier sur le procès qui avait scellé le destin de l'homme vengeur. À mesure qu'il épluchait les pages jaunies par le temps, une vérité choquante se révéla : le procès était truffé d'incohérences, et une erreur judiciaire semblait avoir été commise.

"Tout cela n'était peut-être qu'une terrible erreur ?" se demanda Dubois, partagé entre son devoir de policier et son sens de la justicc.

Pour mieux comprendre les motivations profondes de leur suspect et le concept de vengeance dans le contexte vaudou, Dubois décida de consulter un prêtre vaudou réputé pour sa sagesse. "La vengeance n'apporte que plus de douleur. L'équilibre entre le bien et le mal est fragile," lui expliqua le prêtre, ses paroles teintées de tristesse et de connaissance ancestrale.

Fort de cette nouvelle perspective, Dubois prit la décision de rencontrer le dernier membre vivant du jury, espérant trouver des réponses. La rencontre fut tendue, le dernier juré semblant au bord de l'effondrement.

"Je... je n'ai pas dit la vérité lors du procès. On m'a forcé à mentir," avoua finalement le juré, les larmes aux yeux, la voix étranglée par le remords.

"C'était donc une erreur judiciaire... Et tout ce sang versé pour cela," conclut Dubois, les pièces du puzzle commençant à s'assembler dans son esprit.

Cependant, cette révélation arrivait trop tard pour les victimes déjà tombées sous la vengeance de l'homme injustement condamné. Dubois savait qu'il devait agir rapidement pour empêcher d'autres morts, mais il se sentait aussi responsable de rétablir la vérité et l'honneur de l'homme dont la vie avait été brisée par la justice qu'il servait.

"Nous devons le trouver avant qu'il ne frappe à nouveau. Mais cette fois, nous devons aussi lui offrir la justice, la vraie justice," déclara Dubois à son équipe, prêt à affronter les ombres de la loi et de la vengeance.

Ainsi, le cercle se resserrait non seulement autour du suspect, mais aussi autour de la conscience de Dubois, tiraillé entre la loi et la justice, le bien et le mal, dans une quête de vérité qui s'avérait plus complexe et douloureuse que tout ce qu'il avait pu imaginer.

1. Anonyme - Anonymous
2. Condamnation - Conviction
3. Conscience - Conscience
4. Découverte - Discovery
5. Effondrement - Collapse
6. Épine - Spine
7. Erreur judiciaire - Miscarriage of justice
8. Exécution - Execution
9. Froisser - Crumple
10. Intimidation - Intimidation
11. Macabre - Macabre
12. Mensonge - Lie
13. Perspective - Perspective
14. Révélation - Revelation

15. Tendue - Tense

L'ombre de la vérité

Après sa rencontre révélatrice avec le dernier membre du jury, l'inspecteur Dubois se retrouva face à une vérité troublante. Le juré, tremblant, lui confia avoir été menacé pour témoigner contre l'homme condamné pour des pratiques vaudou. "Ils m'ont dit que si je ne suivais pas leurs instructions, ma famille...," balbutia-t-il, incapable de terminer sa phrase.

Dubois réalisa alors que le véritable architecte de cette machination était profondément enraciné dans le crime organisé. "Cela dépasse tout ce que nous avions imaginé," murmura Dubois à son équipe, décidé à démêler ce réseau de corruption.

Poussé par cette nouvelle piste, Dubois décida de revisiter le bar, dernier lieu connu où les victimes avaient été vues en vie. Alors qu'il scrutait l'endroit, une silhouette l'attaqua soudainement dans l'obscurité. Pris par surprise, Dubois lutta pour se défendre, mais il était en mauvaise posture jusqu'à ce que l'agresseur soit neutralisé par une ombre mystérieuse.

"Qui êtes-vous ?" demanda Dubois, reprenant son souffle, tandis que l'ombre se détachait lentement des ténèbres.

"Un ami, ou peut-être un ange gardien," répondit une voix, celle d'un informateur terrifié, craignant pour sa vie. "Je sais ce que vous cherchcz, et je peux vous aider."

L'informateur lui révéla des preuves accablantes qui liaient directement le gang au procès truqué, mettant en lumière un réseau complexe de corruption et de chantage. "Ils ont fait de nous leurs marionnettes," avoua-t-il, désignant des documents et des enregistrements compromettants.

Armé de ces nouvelles preuves, Dubois lança une vaste opération pour arrêter les membres du gang, culminant avec la capture de leur leader. "Vous ne pouvez pas toucher à tout le monde. Votre empire s'effondre," déclara Dubois, confrontant le leader menotté.

Cependant, malgré ce succès, l'homme au cœur de leur enquête, celui qui avait juré vengeance après une condamnation injuste, restait introuvable. La chasse semblait aboutir à une impasse, jusqu'à ce que Dubois reçoive un message cryptique : "Si vous voulez des réponses, venez seul." Une invitation à une confrontation finale dans un lieu isolé.

Dubois comprenait les risques, mais la soif de vérité et de justice l'emportait sur la prudence. "Je dois y aller," confia-t-il à son équipe, "pas seulement pour arrêter cet homme, mais pour réparer une injustice."

La nuit tombée, Dubois se dirigea vers le lieu indiqué, l'atmosphère lourde d'anticipation. Chaque pas le rapprochait non seulement de la fin de cette enquête tortueuse, mais aussi d'une confrontation avec les ombres qui s'étaient tissées à travers la justice, le crime et la vengeance.

Ce chapitre, riche en révélations, met en lumière non seulement la corruption qui peut infiltrer les systèmes les plus fiables, mais aussi le courage qu'il faut pour affronter ces vérités. Dubois, guidé par son intégrité, se prépare à faire face aux conséquences de ces révélations, quelles qu'elles soient.

1. Accablantes - Overwhelming
2. Ange gardien - Guardian angel
3. Architecte - Architect
4. Balbutia - Stammered
5. Chantage - Blackmail
6. Compromettants - Incriminating
7. Condamnation - Conviction
8. Cryptique - Cryptic
9. Effondre - Collapses
10. Injustice - Injustice
11. Intégrité - Integrity
12. Machination - Machination
13. Marionnettes - Puppets
14. Révélatrice - Revealing

L'ultime confrontation

La nuit était tombée sur la Guyane française, une couverture d'obscurité enveloppant la forêt dense qui bordait la clairière où Dubois avait été convié. Seul, armé de son courage et du talisman reçu en guise de protection, il s'avança vers l'endroit indiqué par le message cryptique.

À son arrivée, il découvrit l'homme vengeur, celui qui avait été injustement condamné, en pleine pratique d'un rituel ancien. Les flammes d'un feu de camp projetaient sur son visage des ombres dansantes, révélant un mélange de douleur et de détermination.

"Vous êtes venu," dit l'homme, sans surprise, interrompant son rituel. "Je savais que vous viendriez."

"Dites-moi pourquoi," demanda Dubois, son ton plus empreint de curiosité que d'accusation. "Pourquoi tout cela ?"

L'homme soupira, son regard se perdant un instant dans les flammes. "Ma vie a été détruite par leurs mensonges. J'ai été condamné pour des crimes que je n'ai jamais commis. Ma famille, mes amis, tous m'ont tourné le dos. Que me restait-il sinon la vengeance ?"

Dubois, touché par la profondeur de sa détresse, tenta de raisonner avec lui. "Je comprends votre douleur, mais la vengeance ne ramènera pas votre vie d'avant. Laissez-moi vous aider à trouver la paix."

L'homme secoua la tête, un sourire triste aux lèvres. "C'est trop tard pour la paix."

Soudain, il se lança vers Dubois dans un mouvement rapide, déclenchant une lutte intense. Malgré la surprise, Dubois parvint à esquiver les premiers assauts, se rappelant du talisman qui pendait à son cou. À un moment critique, l'homme réussit à le désarmer, mais alors qu'il s'apprêtait à porter le coup final, le talisman s'illumina d'une lumière étrange, le stoppant net.

Profitant de cette distraction, Dubois réussit à maîtriser l'homme, le plaquant au sol. "C'est fini," souffla-t-il, épuisé mais résolu.

Finalement en garde à vue, l'homme fut jugé équitablement, cette fois avec toutes les preuves nécessaires pour éclairer la vérité sur son cas. Son histoire, tragique, éveilla une prise de conscience sur l'importance d'une justice équitable et sans faille.

Dubois, observant le procès depuis le fond de la salle, sentit un poids se lever de ses épaules. La paix semblait être revenue dans la communauté, mais l'expérience lui avait enseigné une leçon cruciale : le mal pouvait se cacher où on l'attend le moins, et la vigilance devait être constante.

Alors qu'il quittait le tribunal, Dubois caressa distraitement le talisman toujours accroché à son cou. Il savait que, malgré la fin de cette affaire, d'autres défis l'attendaient. La lutte contre l'injustice et le mal était un combat de tous les jours, mais il était prêt à y faire face, fort de ses convictions et de son engagement envers la justice.

Cette ultime confrontation n'était pas seulement la fin d'une enquête complexe, mais aussi le début d'un engagement renouvelé de Dubois envers sa mission de protéger et de servir, avec une compréhension plus profonde de la fragilité et de la valeur de la vérité et de la justice.

1. Accusation - Accusation
2. Clairière - Clearing
3. Convaincu - Convinced
4. Cryptique - Cryptic
5. Détermination - Determination
6. Équitablement - Fairly
7. Flammes - Flames
8. Injustement - Unjustly
9. Mensonges - Lies
10. Ombres - Shadows
11. Plaquer - Pin down
12. Raisonner - Reason
13. Rituel - Ritual
14. Talisman - Talisman
15. Vengeance - Vengeance

Retour à la lumière

Dans les jours qui suivirent la résolution de l'affaire, la ville de Cayenne semblait respirer un air nouveau, plus léger, comme si un lourd voile avait été levé. Les parties du corps découvertes au cours de l'enquête furent dignement enterrées, et la communauté se rassembla pour rendre hommage aux victimes innocentes, leur offrant des prières et des fleurs en signe de respect et de souvenir.

L'inspecteur Dubois, au cœur de cette cérémonie, recevait les félicitations non seulement de ses collègues mais aussi des citoyens reconnaissants. "Votre travail a rendu la paix à notre ville," lui confia un habitant, une sincérité palpable dans sa voix.

Mais au-delà des éloges, ce qui importait le plus à Dubois était la révélation des liens obscurs entre le vaudou et le crime organisé. La lumière fut faite sur ces pratiques, démêlant les malentendus et les superstitions pour révéler la vérité. Le gang responsable fut démantelé, ses membres arrêtés un à un, et la corruption qui s'était infiltrée dans certains recoins de la société fut exposée au grand jour.

Dans ce processus de guérison, le vaudou, longtemps mal compris et craint, fut finalement perçu sous un jour nouveau. Grâce aux efforts de Dubois et de son équipe, mais aussi grâce à des figures respectées de la communauté vaudou, la pratique fut mieux comprise et respectée, débarrassée des stigmates de violence et de peur qui l'avaient injustement accompagnée.

Dubois, fort de cette expérience, continua de veiller sur Cayenne avec une détermination renouvelée. L'informateur, l'ombre mystérieuse qui l'avait aidé au moment crucial, devint un allié de confiance, fournissant des informations précieuses pour prévenir de futurs crimes.

Le talisman, offert par la vieille femme dans un moment de doute, restait autour du cou de Dubois, un rappel constant de l'équilibre fragile entre le bien et le mal, et de la lumière qui peut émerger des ténèbres.

Mais cette vieille femme, figure énigmatique qui avait traversé l'enquête tel un esprit bienveillant, disparut mystérieusement, laissant derrière elle des questions sans réponses. Qui était-elle vraiment ? Était-elle la gardienne d'un savoir ancien, ou simplement une âme perdue cherchant à aider ?

Alors que Dubois contemplait ces mystères, une nouvelle lettre anonyme trouva son chemin jusqu'à lui. Sans expéditeur, elle contenait une énigme, un indice vers une nouvelle affaire qui semblait déjà frémir dans l'ombre. Dubois sourit, conscient que le repos serait de courte durée. "Il semble que notre travail ne soit jamais vraiment terminé," dit-il à son équipe, déjà prêt à plonger dans une nouvelle aventure.

Le récit de l'inspecteur Dubois à Cayenne se terminait sur cette note d'ouverture vers de futures enquêtes, laissant présager d'autres histoires où courage, justice et mystères continueraient de s'entremêler. Dubois, désormais plus qu'un simple inspecteur, était devenu le gardien de sa ville, veillant à ce que la lumière triomphe toujours des ombres.

1. Anonyme - Anonymous
2. Cérémonie - Ceremony
3. Corruption - Corruption
4. Démantelé - Dismantled
5. Enterrées - Buried
6. Énigme - Enigma
7. Félicitations - Congratulations
8. Frémir - Quiver
9. Guérison - Healing
10. Hommage - Tribute
11. Infiltrée - Infiltrated
12. Malentendus - Misunderstandings
13. Obscurité - Darkness
14. Résolution - Resolution

Le Secret de l'Ombre

Le début de l'enquête

Dans la petite ville de Saint-Mystère, un matin tranquille se transformait en scène de crime. L'église du village, d'habitude un lieu de paix, était soudainement sous les feux des projecteurs pour une raison sombre. Le corps du prêtre local, le Père Martin, avait été découvert par le sacristain, qui, paniqué, avait immédiatement appelé la police.

L'inspecteur Dupont, un homme de taille moyenne avec un regard perçant, arrivait sur les lieux, sa mallette à la main. Il était connu pour son habileté à résoudre les affaires les plus compliquées. Ce matin-là, il savait que cette enquête serait différente.

"Qu'avons-nous ici ?" demandait-il en entrant dans l'église, où les officiers recueillaient déjà les premiers indices.

"Un meurtre, monsieur. Le prêtre a été trouvé mort ce matin," répondait un jeune officier, visiblement secoué par la scène.

Dupont s'approchait du corps, observant attentivement les alentours. À côté du corps, un morceau de papier attirait son attention. C'était un message cryptique, composé de symboles étranges et de chiffres. "Intéressant," murmurait-il.

Après avoir examiné les indices, Dupont décidait d'interroger les témoins. Le sacristain, un vieil homme nommé Monsieur Lefebvre, était le premier.

"Monsieur Lefebvre, pouvez-vous me dire ce que vous avez vu ce matin ?" demandait Dupont, d'une voix douce mais ferme.

"Je... je n'ai rien vu, monsieur l'inspecteur. J'ai seulement trouvé le corps du Père Martin et appelé la police," répondait le sacristain, tremblant.

L'inspecteur notait ses paroles, puis demandait à consulter les images de surveillance. Sur une des vidéos, un homme était vu quittant l'église peu de temps avant la découverte du corps. C'était leur première piste.

Dupont et son équipe décidaient ensuite de consulter les dossiers du prêtre. C'est là qu'ils découvraient des accusations passées contre lui, des allégations de comportements inappropriés qui n'avaient jamais été prouvés.

"Cela complique les choses," disait Dupont à son équipe. "Nous devons creuser plus profondément dans le passé du Père Martin."

L'équipe acquiesçait, consciente que cette enquête les mènerait dans des territoires sombres et inexplorés. Dupont sentait que chaque indice, chaque conversation, les rapprochait de la vérité. Mais quelle vérité ? C'était ce qu'ils devaient découvrir.

Le début de l'enquête avait jeté les bases d'une affaire mystérieuse, où chaque indice, chaque témoignage, pourrait être la clé pour dévoiler le secret caché dans l'ombre de l'église de Saint-Mystère. Dupont savait que le chemin serait long et semé d'embûches, mais il était déterminé à trouver le coupable et à rendre justice au Père Martin.

1. Accusations - Accusations
2. Allégations - Allegations
3. Chiffres - Numbers
4. Cryptique - Cryptic
5. Découverte - Discovery
6. Embuschades - Ambushes
7. Enquête - Investigation
8. Indices - Clues
9. Mallette - Briefcase
10. Message - Message
11. Mystérieuse - Mysterious
12. Papier - Paper
13. Perçant - Piercing
14. Sacristain - Sacristan
15. Symboles - Symbols

La deuxième victime

Le téléphone sonnait au poste de police, un appel d'urgence signalant la découverte d'un autre corps. Cette fois, c'était l'évêque de la ville, trouvé sans vie dans sa résidence officielle. L'inspecteur Dupont, déjà plongé dans l'enquête sur la mort du prêtre, se rendait rapidement sur place. En arrivant, il constatait des similitudes troublantes entre les deux scènes de crime.

"Encore un message cryptique," remarquait Dupont, observant un bout de papier posé à côté du corps de l'évêque. "Et les mêmes symboles que nous avons trouvés à l'église."

La police établissait rapidement un lien entre les deux victimes. Dupont, pensif, interrogeait les proches de l'évêque, espérant trouver des indices.

"Monsieur l'évêque avait-il des ennemis ?" demandait Dupont à un assistant de l'évêque.

"Non, monsieur l'inspecteur. Il était aimé de tous," répondait l'assistant, les yeux emplis de tristesse.

Pendant que l'équipe de Dupont examinait la scène, un détail attirait leur attention : un livre ancien, ouvert sur une page contenant des dessins semblables aux symboles du message cryptique.

"Cela doit être une clé," murmurait Dupont, examinant le livre.

L'analyse des appels téléphoniques de l'évêque révélait un numéro inconnu qui appelait fréquemment. Dupont décidait de suivre cette piste, vérifiant les alibis des suspects potentiels et essayant de remonter au propriétaire du numéro mystérieux.

"Chaque appel a été fait à des heures tardives. Et toujours le soir avant les crimes," notait un officier.

L'enquête prenait une tournure inattendue, suggérant un mobile lié au passé des victimes. Dupont se demandait si les réponses qu'ils cherchaient se trouvaient enfouies dans des secrets longtemps gardés.

La communauté était en état de choc et de deuil, incapable de comprendre la violence qui avait frappé deux de ses figures les plus respectées. Dupont, devant les proches en pleurs lors d'une veillée pour l'évêque, promettait de faire toute la lumière sur cette affaire.

"Nous trouverons le responsable," assurait-il à une vieille femme, les mains tremblantes. "Nous devons juste assembler les pièces du puzzle."

L'enquête sur la mort de l'évêque ajoutait une couche de complexité à l'affaire. Dupont et son équipe travaillaient jour et nuit, analysant chaque indice, chaque témoignage. L'inspecteur savait qu'ils devaient agir vite pour arrêter le coupable avant qu'un autre crime ne soit commis.

Alors que la nuit tombait sur la ville, Dupont restait dans son bureau, plongé dans ses pensées. Les deux crimes étaient liés, il en était certain. Mais comment ? Et surtout, pourquoi ? La réponse semblait se cacher juste sous leur nez, attendant d'être découverte.

Le chapitre se clôturait sur l'inspecteur, déterminé mais perplexe, conscient que chaque minute qui passait pourrait mener à une nouvelle révélation ou, pire, à une nouvelle victime.

1. Appel d'urgence - Emergency call
2. Choc - Shock
3. Cryptique - Cryptic
4. Deuil - Mourning
5. Ennemis - Enemies
6. Heures tardives - Late hours
7. Lien - Link
8. Mobile - Motive
9. Numéro inconnu - Unknown number
10. Papier - Paper
11. Perplexe - Perplexed
12. Proches - Relatives
13. Résidence officielle - Official residence
14. Similitudes - Similarities

La piste du passé

L'inspecteur Dupont et son équipe étaient déterminés à résoudre l'affaire qui secouait la communauté de Saint-Mystère. Ils avaient décidé de fouiller le passé des victimes, espérant y trouver des indices sur le ou les meurtriers. Leurs recherches révélaient des allégations passées contre le prêtre et l'évêque, des histoires de silence et de peur parmi les fidèles.

"Nous devons parler à ceux qui ont quitté l'église," disait Dupont, marquant une liste de noms.

Les interviews d'anciens fidèles et de victimes alléguées étaient difficiles. Beaucoup hésitaient à parler, mais quelques-uns se confiaient, racontant des histoires d'intimidation et de chantage.

"C'était comme si on ne pouvait pas s'échapper," confiait une ancienne fidèle, les larmes aux yeux.

Dans le bureau du prêtre, l'équipe découvrait un journal intime caché. Les révélations à l'intérieur étaient surprenantes. Le prêtre y exprimait des remords et mentionnait des noms cryptiquement.

"Cela pourrait être la clé," murmurait Dupont, lisant attentivement.

La confrontation avec l'église s'avérait tendue. Les responsables religieux niaient toute connaissance des actes des victimes, mais Dupont sentait qu'ils cachaient quelque chose.

"Nous cherchons simplement la vérité," insistait Dupont face à un mur de silence.

La pression montait sur l'équipe pour résoudre l'affaire rapidement. La communauté de Saint-Mystère avait besoin de réponses, et Dupont sentait le poids de leurs attentes.

En parallèle, l'équipe surveillait les suspects identifiés, cherchant le moindre faux pas. Mais c'était la rencontre avec un expert en cryptographie qui ouvrait une nouvelle voie.

"Ce message, c'est comme un puzzle ancien," expliquait l'expert, travaillant sur le décodage.

Peu à peu, le message commençait à avoir du sens, révélant un indice menant à une ancienne maison de retraite à la périphérie de la ville.

"Pourquoi une maison de retraite ?" s'interrogeait un membre de l'équipe.

"C'est ce que nous allons découvrir," répondait Dupont, mettant son manteau.

Arrivés à la maison de retraite, l'atmosphère était lourde, comme si les murs gardaient les secrets du passé. Dupont et son équipe fouillaient chaque pièce, jusqu'à trouver une vieille photo cachée derrière un tableau. Sur la photo, le prêtre et l'évêque étaient visibles, souriants, entourés de plusieurs hommes non identifiés.

"Cela remonte à loin," constatait Dupont, observant la photo. "Ces hommes pourraient-ils être liés à nos crimes ?"

Le chapitre se terminait sur l'équipe, réunie autour de la table, la photo étalée devant eux. Dupont savait qu'ils avaient fait un pas de plus vers la résolution de l'affaire, mais beaucoup de questions restaient sans réponse. Qui étaient ces hommes sur la photo ? Quel rôle avaient-ils joué dans le passé du prêtre et de l'évêque ? Et surtout, comment cela se reliait-il aux meurtres ?

La piste du passé semblait enfin s'ouvrir, promettant de révéler les sombres secrets enfouis depuis des années. Dupont était déterminé à suivre cette piste jusqu'au bout, peu importe où elle les mènerait.

1. Allégations - Allegations
2. Chantage - Blackmail
3. Cryptiquement - Cryptically
4. Déterminés - Determined
5. Évêque - Bishop
6. Fidèles - Faithful
7. Intimidation - Intimidation
8. Journal intime - Diary
9. Maison de retraite - Retirement home

10. Meurtriers - Murderers
11. Noms cryptiquement - Names cryptically
12. Puzzle - Puzzle
13. Remords - Remorse
14. Révélations - Revelations
15. Suspects - Suspects

Secrets révélés

La maison de retraite abandonnée se tenait là, au milieu d'un jardin envahi par la végétation, comme un témoin silencieux des secrets du passé. L'inspecteur Dupont et son équipe pénétraient prudemment à l'intérieur, leurs lampes torches perçant l'obscurité. Ils étaient là pour chercher des indices qui pourraient les aider à résoudre les meurtres mystérieux qui avaient secoué la communauté de Saint-Mystère.

Dans une pièce poussiéreuse, sous un plancher qui craquait sous leurs pas, ils découvraient une boîte cachée contenant des documents. Ces papiers, jaunis par le temps, portaient sur les allégations passées contre le prêtre et l'évêque, des accusations qui avaient été étouffées.

"Regardez cela," disait Dupont, montrant à son équipe une liste de noms cryptée trouvée parmi les documents. "Ces noms, nous devons découvrir à qui ils appartiennent."

Le lendemain, ils confrontaient un ancien employé de l'église, un homme qui avait travaillé là pendant des décennies.

"Monsieur, nous savons que vous savez quelque chose sur ces noms," insistait Dupont, tendant la liste à l'homme.

L'ancien employé, le visage marqué par les années, finissait par craquer. "Ce sont des victimes," avouait-il, "des enfants qui ont souffert."

Dupont et son équipe renforçaient la surveillance des personnes sur la liste, cherchant des liens entre elles et les victimes. C'est alors qu'ils rencontraient un ancien victime, un homme maintenant dans la trentaine, qui leur racontait son histoire avec émotion.

"J'ai toujours voulu que justice soit faite," disait-il, les yeux pleins de larmes. "Mais j'avais peur."

"Nous comprenons votre douleur," répondait Dupont doucement. "Votre témoignage est très important."

L'homme admettait un motif de vengeance, mais il n'avait pas le courage d'agir seul. Cette révélation orientait l'enquête vers la recherche de preuves matérielles qui pourraient lier directement une victime au crime.

L'équipe fouillait la maison d'un suspect, un homme dont le nom figurait sur la liste cryptée. À leur grande surprise, ils trouvaient des objets personnels appartenant aux victimes.

"C'est la preuve que nous cherchions," s'exclamait Dupont, examinant les objets.

Sans perdre de temps, ils arrêtaient le suspect pour interrogatoire. Face à Dupont, l'homme se trouvait dans une pièce aux murs nus, une table métallique entre eux.

"Pourquoi avez-vous ces objets ?" demandait Dupont, son regard fixe sur le suspect.

Le suspect, visiblement nerveux, bégayait d'abord des réponses évasives. Mais sous la pression de l'interrogatoire, il commençait à parler.

"Je... je voulais juste garder un souvenir," avouait-il finalement, "pour me rappeler ce qu'ils nous ont fait."

Les secrets révélés dans ce chapitre apportaient des réponses, mais soulevaient également de nouvelles questions. Qui d'autre était impliqué ? Et jusqu'où irait l'inspecteur Dupont pour dévoiler la vérité complète ?

Le chapitre se terminait sur une note de suspense, promettant plus de révélations dans la lutte pour la justice et la vérité. La découverte des objets personnels des victimes chez un suspect était un tournant majeur dans l'enquête, rapprochant Dupont et son équipe de la résolution du mystère qui entourait les meurtres de Saint-Mystère.

1. Accusations - Accusations
2. Allégations - Allegations
3. Ancien - Former
4. Cryptée - Encrypted
5. Émotions - Emotions
6. Enquête - Investigation
7. Étouffées - Suppressed
8. Interrogatoire - Interrogation
9. Jaunis - Yellowed
10. Larmes - Tears
11. Motif - Motive
12. Objets personnels - Personal items
13. Poussiéreuse - Dusty
14. Surveillance - Surveillance
15. Vengeance - Vengeance

L'interrogatoire

Dans une salle d'interrogatoire froide et éclairée par une lumière crue, l'inspecteur Dupont se tenait face au suspect, un homme dont les liens avec les crimes récents à Saint-Mystère avaient été solidement établis. L'atmosphère était tendue, chaque question de Dupont était comme un coup de marteau, cherchant à briser la coquille du suspect.

"Pourquoi avez-vous ces objets appartenant aux victimes ?" demandait Dupont, ses yeux ne quittant pas ceux du suspect.

"Je... Je ne sais pas de quoi vous parlez," répondait le suspect, évitant le regard de l'inspecteur.

Dupont, imperturbable, présentait les preuves matérielles trouvées chez le suspect, incluant les objets personnels des victimes et des empreintes digitales correspondant à celles trouvées sur les scènes de crime.

"Vos empreintes ont été confirmées. Comment expliquez-vous cela ?" insistait Dupont.

Sous la pression croissante, le suspect commençait à craquer. "D'accord, d'accord ! J'étais là, mais je n'ai tué personne ! C'était... c'était mon ami, il m'a forcé !"

Cette révélation sur un possible complice lançait Dupont et son équipe dans une course contre la montre. Ils devaient trouver cet individu avant qu'un autre crime ne soit commis.

L'équipe de Dupont se dispersait dans la ville, fouillant chaque recoin, chaque cachette possible où le complice pourrait se terrer. Pendant ce temps, une alerte sur un possible troisième crime parvenait au poste de police, augmentant l'urgence de leur mission.

"Nous avons un signalement d'une personne suspecte près de l'école," informait un officier, transmettant l'information à Dupont.

L'inspecteur, comprenant la gravité de la situation, coordonnait une intervention rapide. "Toutes les unités, convergez vers l'école !"

Alors qu'ils arrivaient sur les lieux, Dupont et ses officiers apercevaient une silhouette s'éloignant de l'école, tenant quelque chose dans sa main. Sans hésiter, ils se lançaient à sa poursuite.

"Police ! Arrêtez-vous !" criait Dupont, tandis que le suspect commençait à courir.

La poursuite était intense, mais finalement, les officiers parvenaient à appréhender le complice juste avant qu'il ne puisse commettre un autre acte irréparable.

"Pourquoi faisiez-vous cela ?" demandait Dupont, tandis que le complice était menotté.

"Nous voulions justice... pour ce qu'ils nous ont fait," répondait le complice, vaincu.

Ce chapitre, riche en action et en révélations, montrait l'habileté et la détermination de Dupont et son équipe à prévenir une autre tragédie. Grâce à un interrogatoire intense et une course contre la montre haletante, ils étaient parvenus à mettre un terme à la série de crimes qui avait terrorisé Saint-Mystère.

L'interrogatoire avait non seulement permis de découvrir l'existence d'un complice mais avait également ouvert la voie à de nouvelles enquêtes sur les motivations profondes derrière ces crimes, révélant les blessures et les désirs de vengeance qui bouillonnaient sous la surface tranquille de la ville.

1. Appréhender - To apprehend
2. Complice - Accomplice
3. Convergez - Converge
4. Craquer - To crack
5. Éclairée - Lit
6. Empreintes digitales - Fingerprints
7. Évitant - Avoiding
8. Imperturbable - Unflappable
9. Intervention - Intervention
10. Menotté - Handcuffed
11. Objets personnels - Personal objects
12. Poursuite - Chase
13. Preuves matérielles - Material evidence
14. Révélation - Revelation
15. Silhouette - Silhouette

Révélations choquantes

L'enquête de l'inspecteur Dupont prenait un tournant inattendu. Alors que lui et son équipe fouillaient dans le passé des victimes, ils découvraient un réseau bien plus vaste que ce qu'ils avaient imaginé. Des liens émergeaient entre les victimes et un scandale financier qui secouait les fondations même de l'église de Saint-Mystère.

"Regardez ça," disait Dupont, épluchant des documents qui révélaient un chantage sur les victimes. "Il semble que l'argent soit au cœur de tout cela."

La piste d'un mobile financier se précisait avec chaque nouvel indice. L'équipe décidait d'enquêter plus profondément sur les finances de l'église, ce qui les menait à un banquier véreux ayant des liens étroits avec certaines figures de l'église.

"Nous devons parler à ce banquier," déclarait Dupont, déterminé.

La confrontation avec le banquier était tendue. Dupont ne perdait pas de temps et allait droit au but.

"Nous savons pour le compte bancaire secret et les transferts d'argent suspects," accusait Dupont. "Qui est derrière tout cela ?"

Le banquier, pris au piège, tentait d'abord de nier, mais face à la montagne de preuves présentées par Dupont, il finissait par craquer.

"C'est... c'est un haut dignitaire de l'église," avouait-il finalement, la peur se lisant dans ses yeux.

Cette révélation choquante amenait Dupont et son équipe à arrêter le banquier pour un interrogatoire plus poussé. Les preuves accumulées révélaient l'implication d'un haut dignitaire de l'église, quelqu'un que personne n'aurait soupçonné.

De retour au poste, l'équipe débattait sur la direction à prendre.

"Nous devons être prudents," conseillait l'un des officiers. "Accuser un haut dignitaire pourrait avoir de grandes répercussions."

"Je sais," répondait Dupont, pensif. "Mais notre devoir est de révéler la vérité, peu importe où elle nous mène."

L'équipe se ralliait derrière Dupont, prête à affronter les défis à venir. Ils savaient que les révélations choquantes de ce chapitre n'étaient que le début. Les liens entre les victimes, le scandale financier, et maintenant l'implication d'un haut dignitaire de l'église composaient un puzzle complexe que Dupont était déterminé à résoudre.

Le chapitre se terminait sur une note de suspense, avec Dupont et son équipe se préparant à affronter les forces puissantes qui se cachaient derrière le scandale. La découverte du réseau plus vaste, les preuves de chantage et de corruption, et l'arrestation du banquier n'étaient que les premiers pas vers la résolution de l'affaire qui avait secoué Saint-Mystère jusqu'à son cœur.

1. Accusait - Accused
2. Bancaire - Banking
3. Chantage - Blackmail
4. Corruption - Corruption
5. Débattait - Debated
6. Déterminé - Determined
7. Épluchant - Sifting through
8. Financier - Financial
9. Fouillaient - Searched
10. Imperturbable - Unperturbed
11. Indice - Clue
12. Interrogatoire - Interrogation
13. Nier - Deny
14. Répercussions - Repercussions
15. Véreux - Crooked

La toile se resserre

Avec chaque révélation, l'inspecteur Dupont et son équipe se rapprochaient de la vérité derrière les crimes qui avaient secoué Saint-Mystère. La découverte de l'implication d'un haut dignitaire de l'église avait marqué un tournant dans l'enquête, et maintenant, la surveillance du suspect était à son comble.

Dupont, dans son bureau, exposait le plan d'arrestation à son équipe. "Nous devons agir avec prudence et précision. L'arrestation se fera en public, lors d'une messe, pour éviter toute tentative de fuite."

Les officiers hochèrent la tête, comprenant l'importance de l'opération. Les dernières vérifications des preuves et des alibis avaient confirmé leurs soupçons.

Le jour de l'arrestation, l'église était pleine. Dupont et ses officiers se mêlaient discrètement à la foule. Au moment précis, ils avançaient vers l'autel, où le dignitaire officiait la messe.

L'arrestation était rapide mais dramatique, sous les yeux ébahis de la congrégation.

"Vous êtes en état d'arrestation," déclarait Dupont fermement, alors que ses officiers menottaient le dignitaire.

L'interrogatoire qui suivait révélait des secrets profonds. Face aux preuves irréfutables présentées par Dupont, le dignitaire finissait par avouer.

"Oui, j'ai couvert les scandales," admettait-il, la voix brisée par le remords. "Je pensais protéger l'image de l'église, mais je me suis trompé."

La révélation du mobile lié à la couverture des scandales choquait la communauté religieuse de Saint-Mystère. Les fidèles, en état de choc, peinaient à croire les révélations sur un homme qu'ils avaient tant respecté.

Dupont, tout en préparant le procès avec des preuves solides, sentait le poids de l'affaire sur ses épaules. La presse, ayant eu vent de l'histoire, se saisissait de l'affaire avec avidité, diffusant les détails sordides au grand public.

Dans son bureau, Dupont réfléchissait aux implications morales de l'affaire. "Nous avons fait ce qui était juste," disait-il à son équipe. "Mais le chemin vers la guérison pour cette communauté sera long et difficile."

"Vous pensez qu'il y aura d'autres révélations ?" demandait un jeune officier, inquiet.

"Possiblement," répondait Dupont. "Mais notre devoir est de poursuivre la vérité, peu importe où elle nous mène."

Le chapitre se terminait sur Dupont regardant par la fenêtre de son bureau, la nuit enveloppant la ville. Les lumières lointaines semblaient refléter les espoirs et les peurs de la communauté qu'il avait juré de protéger. La toile de l'enquête s'était resserrée, révélant les ombres cachées derrière les lumières de Saint-Mystère, et Dupont savait que le chemin vers la rédemption ne faisait que commencer.

1. Alibis - Alibis
2. Arrestation - Arrest
3. Congrégation - Congregation
4. Dignitaire - Dignitary
5. Discrètement - Discreetly
6. Interrogatoire - Interrogation
7. Menottaient - Handcuffed
8. Messe - Mass
9. Officiait - Officiated
10. Opération - Operation
11. Précision - Precision
12. Preuves - Evidence
13. Révélations - Revelations
14. Scandales - Scandals
15. Surveillance - Surveillance

Le dénouement

Le procès qui allait conclure l'affaire des meurtres de Saint-Mystère avait capturé l'attention de tout le pays. Dès l'ouverture, la salle d'audience était remplie, avec une présence médiatique massive prête à documenter chaque instant.

Le procureur, debout, commençait par présenter les preuves accablantes contre le dignitaire. Photos, documents financiers, témoignages – tout concordait pour peindre un tableau irréfutable de culpabilité.

"Mesdames et messieurs, les preuves parleront d'elles-mêmes," déclarait le procureur, confiant.

Puis, venait le moment des témoignages. Un par un, les victimes et leurs familles partageaient leurs histoires, des récits émotionnels qui laissaient l'audience et les jurés les larmes aux yeux.

"Nous avons souffert en silence," disait une victime, "mais aujourd'hui, nous cherchons justice."

La défense, cependant, ne restait pas les bras croisés. Elle tentait de discréditer les preuves, suggérant des doutes sur leur authenticité et sur la fiabilité des témoins.

"Monsieur le juge, nous devons examiner chaque preuve avec scepticisme," insistait l'avocat de la défense.

Mais la révélation surprise d'un témoin clé changeait la donne. Un ancien confident du dignitaire, poussé par le remords, décidait de témoigner, fournissant les dernières pièces du puzzle qui manquaient.

"Je ne peux plus me taire," avouait le témoin. "J'ai vu... j'ai entendu des choses qui prouvent sa culpabilité."

Grâce à ce témoignage, le lien direct entre le dignitaire et les meurtres était établi sans l'ombre d'un doute. Face à l'accablement des preuves et des témoignages, le dignitaire faisait quelque chose d'inattendu : il confessait ses crimes en cour.

"Je reconnais mes torts," murmurait-il, la voix brisée. "Je demande pardon aux victimes, à leurs familles, et à Dieu."

Le verdict de culpabilité était prononcé peu après, suivi d'une sentence sévère. La salle d'audience restait silencieuse, absorbant la gravité du moment.

À l'extérieur du tribunal, Dupont et son équipe étaient accueillis par des applaudissements. Les félicitations pleuvaient, mais Dupont restait pensif.

"Nous avons fait notre travail," disait-il à son équipe, "mais n'oublions jamais les souffrances des victimes. C'est pour elles que nous faisons cela."

Le chapitre se terminait par Dupont, seul dans son bureau, réfléchissant sur la justice et les séquelles laissées derrière par l'affaire. Les lumières de la ville scintillaient à travers sa fenêtre, chaque lumière rappelant une vie touchée par l'affaire.

"La justice a été rendue," murmurait-il pour lui-même, "mais le chemin vers la guérison ne fait que commencer."

Ainsi se concluait l'affaire des meurtres de Saint-Mystère, non pas avec une note de triomphe, mais avec une réflexion sur le coût humain de la justice et le long processus de réparation qui doit suivre.

1. Accablantes - Overwhelming
2. Authenticité - Authenticity
3. Confessait - Confessed
4. Culpabilité - Guilt
5. Discréditer - Discredit
6. Doutes - Doubts
7. Émotionnels - Emotional
8. Fiabilité - Reliability
9. Jurés - Jurors
10. Médiatique - Media
11. Pardon - Forgiveness
12. Procureur - Prosecutor
13. Réparation - Repair
14. Révélation - Revelation
15. Scepticisme - Scepticism

Le Mystère du Faucon et l'Œil d'Horus
Le retour du Faucon Maltais

Dans le cœur vibrant de Paris, Pierre, un détective privé connu pour son ingéniosité, travaillait tard dans la nuit. Soudain, le téléphone sonna, brisant le silence de son bureau plongé dans l'obscurité. À l'autre bout du fil, une voix anonyme murmura : « Le Faucon Maltais... Il est de retour. Cherchez-le dans les ombres d'une vente aux enchères souterraine. » Avant que Pierre ne puisse poser une question, la ligne fut coupée.

Intrigué par ce mystère et poussé par sa curiosité naturelle, Pierre décida d'investiguer cette affaire énigmatique. Dès l'aube, il se dirigea vers le dernier lieu connu abritant des ventes aux enchères à Paris. C'était un endroit où les secrets et les légendes se côtoyaient, un marché où le passé et le présent fusionnaient.

En fouillant parmi les murmures des collectionneurs et des curieux, Pierre entendit parler de la société secrète connue sous le nom de « L'Œil d'Horus ». Ces mots résonnaient avec une aura de mystère et de danger. C'est alors qu'il trouva son premier indice : une plume d'or, abandonnée et presque cachée à la vue de tous. Cette découverte le poussa à suivre la piste laissée par cette relique mystérieuse.

Sa quête le mena à une librairie ancienne, nichée dans les ruelles sinueuses du Marais. Le libraire, un vieil homme dont les yeux semblaient cacher de nombreux secrets, accueillit Pierre avec une méfiance voilée. Après quelques minutes de conversation où Pierre exprima son intérêt pour le Faucon Maltais et L'Œil d'Horus, le libraire disparut dans l'arrière-boutique pour revenir avec un livre ancien, dont les pages semblaient murmurer des histoires longtemps oubliées.

« Ce livre pourrait vous éclairer, » dit le libraire d'une voix énigmatique. « Mais prenez garde, celui qui cherche le Faucon s'aventure souvent dans des ténèbres d'où il est difficile de revenir. »

Pierre prit le livre avec précaution, conscient que chaque page tournée l'entraînait plus profondément dans une intrigue qui dépassait son imagination. Le livre révélait l'histoire du Faucon Maltais, un artefact d'une valeur inestimable, disparu depuis des siècles, et les liens supposés avec L'Œil d'Horus, une société secrète dont les membres opéraient dans l'ombre pour des raisons mystérieuses et peut-être même dangereuses.

Alors qu'il quittait la librairie, Pierre sentit le poids de l'enquête sur ses épaules. Il savait que cette affaire le mènerait sur un chemin semé d'embûches et de révélations surprenantes. Le détective se promit de rester vigilant, conscient que chaque indice le rapprochait de la vérité, mais aussi du danger.

La nuit tombée, Pierre s'assit à son bureau, le livre ouvert devant lui. Les rues de Paris, avec leurs secrets et leurs mystères, l'entouraient, attendant que le détective dévoile l'un des plus grands mystères de son histoire. La quête du Faucon Maltais ne faisait que commencer.

1. Anonyme - Anonymous
2. Artefact - Artifact
3. Collectionneurs - Collectors
4. Curiosité - Curiosity
5. Détective privé - Private detective
6. Énigmatique - Enigmatic
7. Ingéniosité - Ingenuity
8. Intrigué - Intrigued
9. Librairie ancienne - Antique bookstore
10. Murmures - Whispers
11. Nichée - Nestled
12. Ombres - Shadows
13. Plume d'or - Golden feather
14. Relique - Relic
15. Ténèbres - Darkness

L'ombre de L'Œil d'Horus

Pierre, le détective parisien, passa la nuit à étudier le livre ancien trouvé chez le libraire mystérieux. Page après page, il découvrit l'importance du symbole récurrent qui semblait suivre chaque récit du Faucon Maltais : l'œil d'Horus. Il apprit que ce symbole égyptien ancien représentait la protection, le pouvoir, et la santé, des éléments clés qui pouvaient expliquer l'intérêt de la société secrète pour le Faucon.

Le lendemain matin, alors que Paris s'éveillait sous un ciel gris, un message crypté arriva au bureau de Pierre. Déchiffrant le code avec une habileté acquise au fil des enquêtes, il découvrit un rendez-vous fixé dans un café de Montmartre, un quartier connu pour ses artistes et ses ruelles mystérieuses.

Arrivé au café, un endroit cosy aux murs tapissés de vieux posters de films, Pierre observa les clients, se demandant qui pourrait bien être son contact. Une femme voilée, dont seuls les yeux trahissaient une intense détermination, s'approcha et lui tendit discrètement une enveloppe avant de disparaître dans la foule.

L'enveloppe contenait une invitation à la vente aux enchères souterraine, avec des instructions précises pour rejoindre cet évènement clandestin. Pierre comprit que cet évènement se tiendrait dans les catacombes de Paris, un labyrinthe de tunnels et d'ossuaires sous la ville, témoins silencieux de son histoire sombre et complexe.

Tandis qu'il préparait son équipement pour infiltrer la vente, un message anonyme arriva, portant un avertissement simple mais glaçant : « Faites attention à qui vous faites confiance. » Pierre frissonna. La prudence lui dictait de prendre au sérieux cet avertissement, mais sa détermination à retrouver le Faucon Maltais l'emporta. Il décida d'ignorer l'avertissement, prêt à affronter les dangers qui l'attendaient.

Le soir venu, Pierre se dirigea vers l'entrée des catacombes, une porte discrète dissimulée derrière les pierres moussues d'un vieux bâtiment. Les instructions de l'invitation le guidèrent à travers les tunnels échoyants, éclairés par des torches qui projetaient des ombres dansantes sur les murs.

Alors qu'il avançait, Pierre repensa à l'avertissement. « Faites attention à qui vous faites confiance. » Qui, dans cet univers d'ombres et de secrets, pourrait être un allié ? Qui pourrait être un ennemi ? Les membres de l'Œil d'Horus étaient-ils déjà au courant de sa venue ? Était-ce un piège ?

Ces questions tourbillonnaient dans son esprit alors qu'il approchait de la salle où se tiendrait la vente. L'atmosphère était électrique, chargée d'anticipation et de mystère. Pierre savait que cette nuit pourrait changer le cours de son enquête, pour le meilleur ou pour le pire.

Il ajusta son chapeau, prit une profonde inspiration, et franchit le seuil de la salle souterraine. Devant lui, dissimulés par les ombres, se trouvaient les participants de la vente, et quelque part parmi eux, le Faucon Maltais attendait d'être découvert. Pierre était prêt à plonger dans l'ombre de l'Œil d'Horus pour révéler ses secrets.

1. Anonyme - Anonymous
2. Catacombes - Catacombs
3. Chiffré - Encrypted
4. Crypté - Coded
5. Déchiffrant - Deciphering
6. Détermination - Determination
7. Égyptien - Egyptian
8. Enveloppe - Envelope
9. Frissonna - Shivered
10. Infiltrer - Infiltrate
11. Invitation - Invitation
12. Labyrinthe - Labyrinth
13. Ossuaires - Ossuaries
14. Voilée - Veiled
15. Échoyants - Echoing

Les ombres des Catacombes

Sous la lueur d'une lune noire, Pierre trouva l'entrée secrète des catacombes, dissimulée derrière un vieux mur de pierres. Avec prudence, il poussa la lourde porte et s'engagea dans le passage souterrain, seul le son de ses pas résonnant dans l'obscurité. Le chemin était éclairé par des torches espacées, jetant des ombres inquiétantes sur les murs ornés de gravures anciennes.

« C'est ici que tout commence », murmura Pierre à lui-même, sentant l'histoire et les secrets envelopper l'air comme un brouillard.

En progressant, il perçut des voix chuchotantes qui semblaient émaner des murs eux-mêmes. « Attention... Le danger... » disaient-elles, ou peut-être n'était-ce que l'écho de ses propres pensées.

Bientôt, il arriva à une salle cachée, l'antre de la vente aux enchères souterraine. Des chandeliers dispersaient une lumière vacillante sur une collection d'objets mystérieux et anciens exposés. Parmi eux, Pierre aperçut le Faucon Maltais, son éclat doré capturant la lumière comme pour attirer l'attention sur lui.

Tentant de rester discret, Pierre nota les visages des participants, cherchant des indices sur leur identité et leurs intentions. Alors qu'il s'approchait pour mieux voir le Faucon, la pièce fut soudain plongée dans une obscurité totale. Un cri perçant déchira le silence, suivi par le chaos des voix affolées.

Quand la lumière revint, le Faucon Maltais avait disparu. Un murmure de suspicion se propagea rapidement, et tous les regards se tournèrent vers Pierre, le nouvel arrivant, l'étranger.

« C'est lui ! Il a volé le Faucon ! » s'écria une voix accusatrice.

Pierre, réalisant le danger, répondit rapidement : « Comment aurais-je pu ? J'étais ici, avec vous tous ! Regardez, mes mains sont vides ! »

Mais la foule n'était pas convaincue, et quelques-uns commencèrent à s'approcher de lui, menaçants. Sentant le danger imminent, Pierre chercha désespérément une issue. C'est alors qu'il remarqua une légère brise venant d'un mur qui semblait solide. Il poussa sur une pierre qui dépassait légèrement, et un passage secret s'ouvrit devant lui.

Sans hésiter, Pierre s'engouffra dans le passage, la porte se refermant juste au moment où les premiers de ses poursuivants atteignaient l'endroit où il avait disparu. Il se retrouva dans un réseau de tunnels encore plus sombres et plus étroits, le son des pas précipités et des voix coléreuses s'estompant lentement derrière lui.

« Il faut que je trouve le vrai voleur et que je prouve mon innocence », se dit Pierre, sa détermination renouvelée malgré le danger. Mais qui pouvait bien avoir volé le Faucon, et pourquoi ? Et comment Pierre pourrait-il retrouver l'artefact perdu dans ce labyrinthe de secrets et de trahisons ?

Alors qu'il avançait prudemment dans les tunnels, chaque ombre semblait lui chuchoter que la clé de l'énigme était à portée de main, si seulement il pouvait démêler les fils de l'histoire tissée autour du Faucon Maltais et de l'Œil d'Horus. Mais pour cela, il lui faudrait d'abord échapper aux dangers des catacombes et découvrir les véritables intentions de ceux qui l'avaient accusé. La chasse au Faucon et à la vérité ne faisait que commencer.

1. Accusatrice - Accusatory
2. Antre - Lair
3. Chandeliers - Candelabras
4. Chuchotantes - Whispering
5. Crypté - Encrypted
6. Disparu - Disappeared
7. Éclat - Shine
8. Engouffra - Plunged
9. Gravures - Engravings
10. Inquiétantes - Disturbing
11. Labyrinthe - Labyrinth
12. Murmura - Murmured
13. Ossuaires - Ossuaries
14. Souterrain - Underground
15. Vacillante - Flickering

Échos dans l'obscurité

Après avoir échappé de justesse à l'accusation infondée de vol dans les profondeurs des catacombes, Pierre sentit le poids de la menace s'intensifier. Les membres de L'Œil d'Horus, convaincus de sa culpabilité, le poursuivaient dans le labyrinthe souterrain. Utilisant sa connaissance des catacombes, acquise au cours de nombreuses enquêtes précédentes, Pierre parvint à semer ses poursuivants, tournant et détournant à travers des passages oubliés et des tunnels effondrés.

Finalement, épuisé et cherchant un refuge temporaire, Pierre trouva une ancienne chambre funéraire, cachée derrière une lourde porte en pierre. À l'intérieur, la pièce était ornée d'inscriptions anciennes qui parlaient de la malédiction du Faucon. « Celui qui perturbe le repos du Faucon invite la colère des dieux », lisait-il à la lueur de sa lampe de poche, le frisson de l'aventure mêlé à une pointe de superstition.

Trop épuisé pour continuer, Pierre s'endormit sur le sol de pierre froide, entouré par les murmures silencieux des âmes longtemps disparues. À son réveil, il découvrit à côté de lui un pendentif ancien portant le symbole de l'Œil d'Horus. Était-ce un cadeau des morts, ou quelque chose de plus tangible ?

Pierre examina le pendentif, réalisant que quelqu'un, quelque part dans ces tunnels, l'aidait secrètement. « Qui pourrait bien...? » se demanda-t-il, scrutant l'obscurité comme si elle pouvait lui fournir une réponse.

Convaincu qu'il devait continuer son enquête et prouver son innocence, Pierre décida de retourner à la surface. Mais alors qu'il empruntait un chemin qu'il espérait discret, une silhouette se dessina dans l'ombre, suivant chacun de ses mouvements avec une précision silencieuse. Pierre sentait les yeux de l'inconnu sur lui, augmentant son sentiment de vulnérabilité.

Arrivé à la sortie des catacombes, Pierre se retourna pour essayer d'apercevoir son mystérieux suiveur. Mais tout ce qu'il vit, c'était l'obscurité des tunnels qui semblait avaler toute forme de vie.

Une fois à l'air libre, Pierre s'arrêta un moment, prenant une profonde respiration d'air frais. « Je suis surveillé, et je ne sais même pas par qui... ou pourquoi », murmura-t-il pour lui-même. La présence du pendentif et la silhouette mystérieuse le convainquirent qu'il était plus profondément impliqué dans l'affaire du Faucon Maltais qu'il ne l'avait imaginé.

Malgré la peur et l'incertitude, Pierre se sentit galvanisé. Quelqu'un, peut-être même au sein de L'Œil d'Horus, semblait croire en son innocence, ou du moins, avait ses propres raisons de l'aider. C'était une maigre consolation, mais suffisante pour alimenter sa détermination.

« Il est temps de démêler ce mystère, une bonne fois pour toutes », se promit Pierre, ajustant son manteau et se dirigeant vers la lumière du jour. La chasse au Faucon Maltais et à la vérité derrière sa disparition n'était pas terminée. Au contraire, elle venait juste de prendre un nouveau tournant, avec Pierre, plus que jamais, au cœur de l'intrigue.

1. Chambre funéraire - Funerary chamber
2. Crypté - Encrypted
3. Échappé - Escaped
4. Galvanisé - Galvanized
5. Inscriptions - Inscriptions
6. Intrigue - Intrigue
7. Labyrinthe - Labyrinth
8. Malédiction - Curse
9. Pendentif - Pendant
10. Refuge - Refuge
11. Silhouette - Silhouette
12. Superstition - Superstition
13. Tunnels - Tunnels
14. Vulnérabilité - Vulnerability

L'alliée inattendue

Après avoir échappé aux dangers des catacombes, Pierre se retrouva à nouveau dans les rues de Paris, perdu dans ses pensées sur le mystère du Faucon Maltais. C'est alors qu'une silhouette familière apparut devant lui, la femme voilée du café. Elle s'approcha rapidement, retirant son voile.

« Pierre, je dois vous parler », dit-elle d'une voix urgente.

Surpris, Pierre répondit : « Qui êtes-vous ? Comment connaissez-vous mon nom ? »

« Je m'appelle Sophie. Je faisais partie de L'Œil d'Horus. Mais je veux vous aider à retrouver le Faucon », révéla-t-elle.

Intrigué mais méfiant, Pierre l'écouta attentivement. Sophie lui expliqua que le Faucon était non seulement un artefact de grande valeur mais qu'il était aussi maudit et porteur de dangers insoupçonnés.

« Pourquoi voulez-vous m'aider ? » demanda Pierre, encore sceptique.

« Je ne peux pas rester les bras croisés alors que L'Œil d'Horus utilise le Faucon pour ses sombres desseins. Leurs méthodes sont... inacceptables. Et je crois que vous êtes l'homme de la situation pour mettre fin à cela », confia Sophie.

Convaincu par la sincérité de Sophie, Pierre accepta son aide. Ensemble, ils élaborèrent un plan pour récupérer le Faucon. Leur première étape fut de surveiller un riche collectionneur d'art, suspecté d'être impliqué dans la disparition de l'artefact.

Sophie et Pierre suivirent discrètement le collectionneur jusqu'à une exposition privée. Là, ils découvrirent des indices menant à un manoir en dehors de Paris, où le Faucon pourrait être caché.

En chemin, Sophie partagea plus de détails sur son passé avec L'Œil d'Horus. « Je les ai quittés quand j'ai réalisé à quel point ils étaient prêts à aller loin pour leurs objectifs. Je ne pouvais plus être une partie de cela », dit-elle, le regard sombre.

« Je comprends. Et cet artefact que vous possédez, il peut nous aider comment ? » demanda Pierre, curieux.

« C'est un médaillon ancien, avec le pouvoir de nous protéger de la malédiction du Faucon. Je l'ai pris avec moi quand j'ai quitté L'Œil d'Horus. Il pourrait nous être utile », expliqua Sophie en sortant un petit objet enveloppé de son sac.

« Impressionnant », commenta Pierre, admirant le médaillon. « Alors, prêts pour notre voyage au manoir ? »

« Plus que jamais », répondit Sophie avec détermination.

Leur alliance inattendue formée, Sophie et Pierre se préparèrent pour leur prochaine étape. Ensemble, ils avaient une chance de déjouer L'Œil d'Horus et de sauver le Faucon Maltais des mauvaises mains. Leur aventure les menait maintenant vers le mystérieux manoir, où de nouveaux dangers et révélations les attendaient.

1. Alliance - Alliance
2. Artefact - Artifact
3. Catacombes - Catacombs
4. Collectionneur - Collector
5. Déjouer - Thwart
6. Détournant - Diverting
7. Exposition privée - Private exhibition
8. Inscriptions - Inscriptions
9. Manoir - Mansion
10. Médaillon - Medallion
11. Méfiant - Wary
12. Pendentif - Pendant
13. Sceptique - Skeptical
14. Silhouette - Silhouette
15. Voilée - Veiled

Le secret du manoir

Sous le voile protecteur de la nuit, Pierre et Sophie approchèrent silencieusement du manoir, dissimulé au cœur d'une forêt dense. Le manoir, bâti dans un style ancien, imposait par sa grandeur et ses secrets cachés.

À travers les fenêtres faiblement éclairées, ils observèrent une réunion secrète. Des silhouettes encapuchonnées se tenaient autour d'une grande table, discutant avec animation. Pierre chuchota, « Ce sont des membres de L'Œil d'Horus. »

Trouvant une fenêtre entrouverte, ils réussirent à s'introduire discrètement dans le manoir. À l'intérieur, un silence lourd régnait, seulement perturbé par le bruit de leurs pas sur le plancher ancien. Ils découvrirent bientôt une bibliothèque imposante, ses étagères croulant sous le poids de livres anciens et d'artefacts mystérieux.

Dans cette pièce emplie de savoir, ils trouvèrent des documents révélant que le Faucon était la clé d'un trésor ancien et puissant, caché quelque part dans le monde. « Le Faucon n'est pas qu'une simple relique... c'est un artefact de pouvoir immense », murmura Sophie, émerveillée.

Alors qu'ils fouillaient parmi les parchemins et les cartes, des pas lourds résonnèrent soudainement dans le couloir. Pris de panique, ils tentèrent de se cacher, mais il était trop tard. Des gardes armés les surprirent et, sans ménagement, les emmenèrent devant le chef de L'Œil d'Horus.

Face au chef, un homme imposant au regard perçant, Pierre tenta de garder son calme. « Que voulez-vous de nous ? Pourquoi convoiter tant le Faucon ? »

Le chef sourit d'un air sinistre. « Le Faucon Maltais n'est pas qu'un simple objet d'art. Il est la clé de la domination du monde. Avec lui, nous pouvons contrôler les forces anciennes et imposer notre volonté. »

Comprenant l'étendue de la menace, Pierre et Sophie échangèrent un regard. Ils savaient qu'ils devaient agir, et vite. Utilisant un moment d'inattention des gardes, Sophie toucha discrètement le médaillon qu'elle portait autour du cou. Une lumière aveuglante envahit la pièce, et dans la confusion, ils s'échappèrent, courant à travers les couloirs tortueux du manoir.

Une fois en sécurité, cachés dans l'ombre des arbres, Pierre dit, « Ce médaillon... c'est incroyable. »

Sophie, reprenant son souffle, répondit, « Oui, c'est un artefact très puissant. Il nous a sauvés, mais nous devons être prudents. L'Œil d'Horus ne s'arrêtera pas là. »

Ils savaient que leur lutte ne faisait que commencer. Le manoir avait révélé ses secrets, et avec eux, le véritable enjeu de leur quête. Retrouver le Faucon Maltais n'était plus juste une question de résoudre un mystère, mais une nécessité pour empêcher une force obscure de prendre le contrôle du monde. Armés de courage et de l'artefact protecteur, Pierre et Sophie étaient prêts à affronter les dangers qui les attendaient, déterminés à mettre fin aux plans de L'Œil d'Horus.

1. Ancien - Ancient
2. Artéfact - Artifact
3. Bibliothèque - Library
4. Chuchota - Whispered
5. Dominer - Dominate
6. Émerveillée - Amazed
7. Encapuchonnées - Hooded
8. Forêt dense - Dense forest
9. Grandeur - Grandeur
10. Manoir - Mansion
11. Médaillon – Medallion
12. Parchemins - Scrolls
13. Planche - Floorboard
14. Réunion secrète - Secret meeting
15. Silhouettes - Silhouettes

L'affrontement final

Après leur échappée périlleuse du manoir, Pierre et Sophie se retrouvèrent à Paris, le cœur lourd mais résolu à mettre un terme aux agissements de L'Œil d'Horus. Ils élaborèrent un plan audacieux pour démanteler l'organisation une bonne fois pour toutes.

« Nous aurons besoin de renforts », dit Pierre en sortant son téléphone pour appeler un ancien camarade de la police, Marc, un homme de confiance qui avait toujours eu un faible pour les causes justes.

« Pierre ? C'est rare que tu m'appelles. Quel vent t'amène ? » demanda Marc, surpris.

« Marc, j'ai besoin de ton aide. C'est une affaire délicate, impliquant une société secrète et un artefact ancien. Peux-tu nous rencontrer ? » expliqua Pierre, conscient de l'absurdité de la situation.

« Tu sais que je te soutiens toujours. Dis-moi où et quand », répondit Marc, prêt à plonger dans l'aventure.

Une fois leur équipe formée, comprenant quelques membres fiables de la police parisienne, ils planifièrent un raid sur le prochain rassemblement de L'Œil d'Horus, prévu dans les catacombes sous Paris. Sophie, tenant le médaillon à la main, murmura quelques mots en ancien égyptien, activant le pouvoir de l'artefact pour protéger le groupe des influences maléfiques.

La tension était palpable alors qu'ils s'engouffraient dans l'obscurité des catacombes, guidés par la lumière vacillante de leurs torches. Soudain, les membres de L'Œil d'Horus apparurent, et une bataille éclata dans les tunnels étroits. Les coups résonnaient contre les murs de pierre, et les cris de combat se mêlaient aux échos des catacombes.

Au milieu du chaos, Pierre aperçut le Faucon Maltais posé sur un autel improvisé. Il se fraya un chemin à travers la mêlée, déterminé à récupérer l'objet de leur quête. C'est alors que le chef de L'Œil d'Horus se dressa devant lui, un sourire malveillant aux lèvres.

« Tu ne t'échapperas pas cette fois, Pierre. Le Faucon est à nous », lança le chef, prêt à en découdre.

Mais Pierre n'était pas seul. Sophie, utilisant habilement le médaillon, parvint à affaiblir l'adversaire, donnant à Pierre l'ouverture dont il avait besoin. Avec une poussée déterminée, il réussit à s'emparer du Faucon, tandis que Marc et les autres policiers maîtrisaient les derniers membres de la secte.

« Nous l'avons fait, Sophie ! Le Faucon est en sécurité », s'exclama Pierre, tenant l'artefact précieusement.

« Grâce à notre travail d'équipe. Maintenant, utilisons-le pour détruire leur plan une fois pour toutes », répondit Sophie, un sourire triomphant illuminant son visage.

Avec le Faucon en leur possession, ils neutralisèrent les dernières menaces de L'Œil d'Horus, assurant que l'artefact ne pourrait plus jamais être utilisé à des fins maléfiques. Victorieux, ils sortirent des catacombes, le Faucon Maltais scintillant sous les premiers rayons du soleil matinal.

Leur aventure avait pris fin, mais Pierre et Sophie savaient que Paris leur réserverait toujours de nouvelles énigmes à résoudre. Pour l'instant, ils pouvaient se réjouir de leur victoire, conscients d'avoir protégé la ville et ses secrets des forces obscures.

1. Artefact - Artifact
2. Audacieux - Bold
3. Bataille - Battle
4. Catacombes - Catacombs
5. Démanteler - Dismantle
6. Échappée - Escape
7. Égyptien - Egyptian
8. Équipe - Team
9. Influences maléfiques - Evil influences
10. Manoir - Mansion

11. Médaillon - Medallion
12. Palpable - Palpable
13. Périlleuse - Perilous
14. Rassemblement - Gathering
15. Société secrète - Secret society

Nouveaux horizons

Après leur victoire contre L'Œil d'Horus, Pierre et Sophie se dirigèrent vers le musée du Louvre, portant le Faucon Maltais avec soin. Ils avaient convenu que c'était le lieu le plus sûr pour protéger l'artefact contre de futures convoitises.

À leur arrivée, ils furent accueillis par le conservateur, un homme de grande érudition qui les avait aidés dans leur enquête. « Vous avez accompli un travail remarquable. Le Faucon sera ici en sécurité, et son histoire enrichira notre collection », leur assura-t-il.

Le musée organisa une petite cérémonie en leur honneur, reconnaissant leur courage et leur détermination. Devant un petit groupe composé de journalistes, de membres du musée et de quelques curieux, Pierre prit la parole, toujours modeste : « Ce n'est pas l'œuvre d'un seul homme ou d'une seule femme. C'est le résultat d'un effort collectif pour protéger notre patrimoine. »

Sophie, touchée par l'humilité de Pierre, ajouta : « Et c'est ensemble que nous avons pu surmonter les obstacles. Je suis fière de ce que nous avons accompli. »

Après la cérémonie, Sophie partagea avec Pierre sa décision de rester à Paris. « J'ai trouvé un sens à ma vie ici, à travailler à tes côtés. Je pense qu'ensemble, nous pouvons faire une grande différence. »

Pierre sourit, ravi de sa décision. Ils décidèrent de former une équipe d'enquêteurs spécialisés dans les artefacts anciens, offrant leurs services à ceux qui, comme eux, cherchaient à protéger l'histoire et la vérité.

Entre-temps, le chef de L'Œil d'Horus et ses complices furent arrêtés et jugés pour leurs crimes. Avec la chute de la société secrète, une menace de longue date sur Paris et ses trésors cachés fut enfin éliminée.

Dans les jours qui suivirent, Pierre et Sophie prirent le temps de réfléchir à leur aventure. Ils réalisèrent que les épreuves traversées ensemble avaient renforcé leur lien, unissant leurs destins de manière inattendue. « Je n'aurais jamais imaginé, en te rencontrant ce jour au café, que nous finirions par être de si bons amis... et partenaires », confia Pierre.

Sophie acquiesça. « La vie est pleine de surprises. Et je suis impatiente de voir quelles autres énigmes nous attendent. »

Le Faucon Maltais, maintenant exposé au musée, était entouré d'une aura de mystère, son pouvoir caché restant un secret. Mais pour Pierre et Sophie, il représentait le début d'une série d'aventures qui les attendaient, prêts à explorer de nouveaux mystères et à protéger les artefacts anciens de ceux qui chercheraient à les utiliser à mauvais escient.

Alors que le soleil se couchait sur Paris, la silhouette du musée du Louvre se découpait contre le ciel orangé, promettant de nouvelles aventures pour le duo d'enquêteurs. Leur histoire avec le Faucon Maltais était terminée, mais leur légende ne faisait que commencer.

1. Aura - Aura
2. Cérémonie - Ceremony
3. Conservateur - Curator
4. Convoitises - Covetousness
5. Détermination - Determination
6. Érudition - Scholarship
7. Mystères - Mysteries
8. Patrimoine - Heritage
9. Raid - Raid
10. Renforts - Reinforcements
11. Société secrète - Secret society

12. Trésors - Treasures
13. Victoire - Victory
14. Épreuves - Trials

Le Mystère de la Montagne Corse

Disparition Annuelle

En début juin, une atmosphère de mystère enveloppe l'île de Corse. Chaque année, comme une malédiction inéluctable, un touriste disparaît sans laisser de trace. Cette année ne fait pas exception. Les rumeurs d'un village de montagne isolé, épicentre de ces disparitions, commencent à circuler, semant une peur silencieuse parmi les habitants et les visiteurs.

La police locale, face à ce phénomène récurrent, ne peut se résoudre à l'impuissance. Une équipe spéciale est formée, déterminée à percer le secret de ces événements. Malgré leurs efforts, les affiches de recherche ne mènent nulle part, et les villageois restent muets comme des tombes, leurs regards fuyants dissimulant peut-être une vérité trop lourde à partager.

Les disparitions, toujours signalées près du même village de montagne, semblent suivre un modèle troublant. La police, mettant bout à bout les pièces du puzzle, décide de concentrer son investigation sur cette énigme. C'est alors qu'une photo floue, capturée par un drone, dévoile une procession nocturne dans les montagnes, ajoutant une couche de mystère à l'affaire.

Marc et Léa, deux enquêteurs de l'équipe, marchent près du village, discutant de leur prochaine action.

"Tu as vu cette photo prise par le drone ?" demande Marc, les sourcils froncés. "Une procession en pleine nuit, ça ne te glace pas le sang ?"

Léa hoche la tête, son regard perdu dans le lointain. "Si, et le silence des villageois n'arrange rien. À chaque fois que j'essaie de leur parler, c'est comme s'ils n'entendaient pas, ou pire, ils évitent mes questions."

"C'est suspect," murmure Marc. "Toutes ces disparitions annuelles... Et si elles n'étaient pas accidentelles ?"

Léa frissonne à cette pensée. "Un rituel, peut-être ? Ça expliquerait la procession et le silence des habitants. Ils cachent quelque chose, c'est sûr."

"Demain, on reprend les interrogatoires," décide Marc. "Quelqu'un doit bien savoir quelque chose. Il suffit de trouver la bonne personne à qui parler."

Leur conversation révèle l'ampleur du mystère qui entoure le village. Les enquêteurs sont convaincus que la clé de l'énigme repose dans les traditions séculaires et les croyances occultes de ces montagnes isolées. Mais à mesure qu'ils s'enfoncent dans les secrets du village, ils réalisent que la vérité pourrait être plus sombre et plus profonde qu'ils ne l'avaient imaginé.

La disparition annuelle est devenue plus qu'une simple enquête; elle est un défi contre le temps, une course pour sauver des vies innocentes et dévoiler les ombres qui se cachent derrière les traditions ancestrales. Marc et Léa, face à l'inconnu, savent que chaque indice, chaque murmure, peut les mener un pas plus près de la vérité... ou les plonger dans un danger inimaginable.

1. Affiches - Posters
2. Ancestrales - Ancestral
3. Atmosphère - Atmosphere
4. Croyances - Beliefs
5. Disparition - Disappearance
6. Drone - Drone
7. Énigme - Enigma
8. Épicentre - Epicenter
9. Investigation - Investigation
10. Malédiction - Curse
11. Montagne - Mountain
12. Murmure - Whisper
13. Procession - Procession
14. Recherche - Search
15. Rituel - Ritual

Indices Troublants

L'équipe d'enquêteurs arrive dans le village sous un ciel couvert, qui semble accentuer l'atmosphère tendue qui y règne. Dès les premiers pas, un sentiment d'oppression les enveloppe, comme si le village lui-même les avertissait de rester à distance. Marc et Léa, malgré l'accueil glacial, sont déterminés à trouver des réponses.

En explorant les environs, ils découvrent des symboles étranges gravés sur des pierres disséminées autour du village. Ces marques, semblables à des runes anciennes, ne ressemblent à rien de ce qu'ils ont vu auparavant. Marc prend des photos tandis que Léa note leur emplacement, tous deux conscients de l'importance de ces découvertes.

Les habitants, quant à eux, évitent toute interaction. Les rares fois où Marc et Léa tentent d'engager la conversation, ils sont accueillis par des regards fuyants ou des portes qui se ferment brusquement. Cependant, un vieillard, profitant d'un moment d'inattention, glisse une note dans la main de Léa avant de disparaître dans une ruelle.

La note, écrite dans un français hésitant, parle d'un ancien culte et d'un sacrifice nécessaire pour assurer la prospérité du village. Les mots "solstice d'été" et "tradition ancestrale" y sont mentionnés, ajoutant une couche de mystère à leur enquête. Marc et Léa comprennent que cette piste pourrait être cruciale.

Leur exploration les mène à une grotte proche, où ils trouvent des objets personnels appartenant aux disparus des années précédentes. Cette découverte macabre confirme la gravité de la situation et l'existence d'une tradition sombre et continue.

Une recherche dans les archives historiques locales révèle que ces disparitions remontent à plusieurs décennies, toujours en lien avec le solstice d'été. Cette révélation pousse la police à intensifier sa surveillance du village, espérant capturer des indices supplémentaires sur ces rites mystérieux.

La nuit, le village se transforme. Des bruits étranges s'échappent des montagnes, accompagnés de lueurs fugaces [fleeting] qui semblent danser entre les arbres. Marc et Léa, cachés dans leur poste d'observation, sentent l'urgence de leur mission. Un message anonyme reçu par leur équipe les avertit de la dangerosité de leur enquête, les exhortant à la prudence.

Leur persévérance les mène à des traces de pas menant à un ancien autel dans la forêt, couvert de symboles similaires à ceux trouvés sur les pierres. L'autel, entouré d'offrandes récentes, suggère que le rituel est toujours actif.

Marc, examinant l'autel, se tourne vers Léa, l'inquiétude peinte sur son visage. "Tu penses que c'est ici qu'ils..."

Léa acquiesce silencieusement, interrompue par un bruit soudain dans les buissons. Les enquêteurs se figent, réalisant que leur présence n'est peut-être plus un secret.

Ce chapitre, riche en découvertes et en tension, plonge Marc, Léa, et leur équipe plus profondément dans l'énigme du village. Chaque indice les rapproche de la vérité, mais aussi du danger, car ils dévoilent peu à peu les couches d'une tradition qui dépasse l'entendement moderne. Leurs efforts pour percer le mystère des disparitions annuelles les conduisent sur un chemin semé d'obstacles, où chaque pas peut être le dernier.

1. Ancestrale - Ancestral
2. Atmosphère - Atmosphere
3. Autel - Altar
4. Culte - Cult
5. Énigme - Enigma
6. Grotte - Cave
7. Historiques - Historical
8. Macabre - Macabre
9. Montagnes - Mountains
10. Opération - Oppression
11. Prosperité - Prosperity
12. Rite - Rite
13. Runes - Runes
14. Sacrifice - Sacrifice
15. Solstice - Solstice

Secrets Anciens

La révélation du culte du solstice d'été plonge les enquêteurs dans une quête de vérité encore plus profonde. Après une rencontre avec un historien local, ils apprennent l'existence d'un culte oublié qui, selon la légende, exige un sacrifice humain pour apaiser un ancien dieu. Cette découverte glaciale est renforcée par la découverte d'archives relatant la disparition inexpliquée d'un archéologue dans les années 1920, venu étudier ces mêmes rites.

Marc et Léa, déterminés à en savoir plus, organisent des entretiens avec les anciens du village. Ces conversations, teintées de réticence et de superstition, évoquent des histoires de disparitions mystérieuses et de malédictions anciennes pesant sur le village.

"Les anciens parlent d'un temps où la peur régnait à chaque solstice," murmure Léa à Marc après un tel entretien. "Ces histoires... elles semblent toutes liées à ce culte."

Marc hoche la tête, préoccupé. "Nous devons en savoir plus. Mais comment ?"

La réponse vient sous la forme d'une décision audacieuse de la part de leur chef : infiltrer le prochain rassemblement du culte. Un jeune policier, Julien, est choisi pour cette mission périlleuse. Il devra se déguiser en touriste et se mêler aux villageois pour observer de l'intérieur.

"Tu es sûr de vouloir faire ça, Julien ?" demande Marc, inquiet pour son jeune collègue.

Julien, bien que conscient du danger, répond avec détermination. "C'est notre meilleure chance de comprendre ce qui se passe ici. Je suis prêt."

Pour assurer sa sécurité, l'équipe installe des équipements de surveillance autour du village et dans les montagnes. Une vieille carte, trouvée par hasard dans un livre à la bibliothèque locale, révèle l'existence d'un chemin secret menant à un site rituel caché. Cela pourrait être la clé pour suivre les participants au rituel sans être détectés.

La tension monte au sein de l'équipe d'enquête à l'approche du solstice d'été. La veille du grand jour, le village devient étrangement silencieux, tous semblant avoir disparu dans la montagne. Les enquêteurs, réunis autour de leurs écrans de surveillance, guettent le moindre mouvement.

"Rien sur les caméras pour l'instant," dit Léa, scrutant les moniteurs. "Ils doivent être déjà au site rituel."

Marc acquiesce, son regard fixé sur un écran montrant le chemin secret indiqué par la vieille carte. "Julien est avec eux. Espérons qu'il reste en sécurité."

L'inquiétude est palpable. Julien, portant une caméra cachée, est leur seul lien avec le culte en cet instant critique. La police, préparant une opération de sauvetage en cas de besoin, est prête à intervenir à tout moment.

Alors que la nuit tombe, les premières images transmises par Julien révèlent une procession se dirigeant vers le site rituel. Les enquêteurs, les yeux rivés sur l'écran, se préparent à découvrir les secrets anciens qui hantent le village depuis des générations. La mission d'infiltration de Julien ne représente pas seulement un acte de bravoure; elle est le fil d'Ariane menant à la vérité derrière les disparitions, un secret que le village a gardé enfoui dans les ombres du passé.

1. Archéologue - Archaeologist
2. Culte - Cult
3. Déguiser - Disguise
4. Dieu - God
5. Disparition - Disappearance
6. Entretien - Interview
7. Équipements de surveillance - Surveillance equipment
8. Historien - Historian
9. Malédiction - Curse
10. Mission périlleuse - Perilous mission
11. Procession - Procession
12. Rassemblage - Gathering

13. Rite - Rite
14. Sacrifice humain - Human sacrifice
15. Solstice d'été - Summer solstice

La Veillée du Solstice

Sous le voile de la nuit, l'équipe d'enquête, menée par Marc et Léa, suit discrètement les traces des villageois en direction des hauteurs mystérieuses de la montagne. Le chemin sinueux, éclairé seulement par la lueur de la lune, les mène vers un site rituel caché, un lieu que le temps semble avoir oublié. Au centre, un autel orné de symboles anciens témoigne des cérémonies qui s'y déroulent depuis des générations.

Alors que la tension monte, un événement imprévu bouleverse leurs plans : Julien, le jeune policier infiltré, est découvert par un groupe de villageois. Malgré sa tentative de se fondre dans la masse, son identité est révélée, et il est capturé avec une rapidité alarmante.

"Marc, ils ont pris Julien !" chuchote Léa, observant la scène depuis leur cachette. "On doit faire quelque chose, vite !"

Marc acquiesce, son regard fixé sur la scène. "Je sais, prépare-toi. On intervient au bon moment."

Les enquêteurs, cachés parmi les arbres, observent avec anxiété le début de la cérémonie. Le chef du culte, une silhouette imposante, entame le rituel en invoquant le dieu ancien dans une langue oubliée. Autour de lui, les villageois, captivés, répètent ses paroles en un écho sombre.

Le moment critique arrive lorsque le chef du culte se tourne vers Julien, désigné comme le sacrifice nécessaire pour apaiser le dieu ancien. C'est à cet instant précis que Marc donne le signal, et l'équipe d'enquête surgit de l'ombre, prête à intervenir.

Une confrontation violente éclate immédiatement entre les policiers et les membres du culte, déterminés à protéger leur secret à tout prix. Dans le chaos, Marc et Léa parviennent à se frayer un chemin vers l'autel pour secourir Julien, qui les regarde avec des yeux emplis de gratitude.

"Tiens bon, Julien, on te sort de là !" crie Léa en coupant les liens qui le retiennent.

Pendant ce temps, le chef du culte, profitant de la confusion, s'échappe dans l'obscurité de la nuit. Malgré la frustration de voir le meneur leur glisser entre les doigts, l'équipe se concentre sur la sécurisation du site. Des preuves cruciales sont recueillies, incluant des artefacts et des documents qui révèlent l'ampleur et la profondeur des croyances du culte.

Au petit matin, le village, réveillé par l'agitation, se retrouve en état d'alerte. L'intervention de la police et la découverte du site rituel caché déclenchent une enquête plus approfondie sur les pratiques secrètes qui ont longtemps influencé la vie du village.

Les médias, alertés par l'ampleur de l'histoire, commencent à couvrir les événements, attirant l'attention nationale et internationale sur les mystères et les traditions ancestrales du village corse. L'histoire de la veillée du solstice, marquée par le courage et la détermination des enquêteurs, promet de révéler au grand jour les secrets longtemps cachés derrière les montagnes de Corse.

1. Altar - Altar
2. Anxiété - Anxiety
3. Artefacts - Artifacts
4. Cachette - Hiding place
5. Cérémonie - Ceremony
6. Chaos - Chaos
7. Confrontation - Confrontation
8. Culte - Cult
9. Gratitude - Gratitude
10. Identité - Identity
11. Infiltré - Infiltrated
12. Langue oubliée - Forgotten language
13. Rituel - Ritual

14. Sacrifice - Sacrifice
15. Symboles anciens - Ancient symbols

La Chasse au Chef du Culte

La résolution de l'affaire du culte du solstice d'été est loin d'être terminée avec la fuite du chef du culte. La police lance une chasse à l'homme intense à travers la Corse, déterminée à mettre fin à cette menace une fois pour toutes. Marc, Léa, et leur équipe suivent des indices dispersés, traquant le fugitif qui semble toujours un pas devant eux.

Des témoignages émergent de divers villages, où des habitants rapportent avoir vu un homme correspondant à la description du chef du culte. "Il était là, il y a deux jours, je suis sûre de l'avoir vu !" affirme une vieille dame à Marc, pointant du doigt une ruelle déserte d'un des villages traversés.

La pression médiatique s'intensifie, les nouvelles sur la traque occupant les gros titres chaque jour. Les reportages spéculent sur la prochaine apparition du chef du culte et sur les efforts de la police pour le capturer. "La population est avec vous," encourage un journaliste lors d'une interview avec Léa. "Nous espérons que cette histoire se terminera bientôt."

Des raids sont menés sur des propriétés soupçonnées d'être liées au culte, mais le chef reste insaisissable, comme une ombre s'évanouissant toujours au dernier moment. L'enquête prend un tournant lorsqu'une vieille connaissance du chef du culte est interrogée. "Il a toujours été fasciné par les rites anciens, par l'histoire cachée de cette île," révèle-t-elle, fournissant des indices cruciaux sur ses possibles cachettes.

L'analyse de ces informations conduit à la découverte d'un réseau de soutien au culte, impliquant même certains membres influents de la société corse. "Nous sommes face à un adversaire plus complexe que nous le pensions," conclut Marc lors d'une réunion de briefing.

L'interception d'un message crypté marque un tournant décisif. Le message, déchiffré par les experts de la police, indique un rendez-vous secret dans les montagnes, probablement la prochaine étape dans la préparation d'un rituel. Une opération d'envergure est rapidement montée, avec l'espoir de capturer le chef du culte.

La poursuite qui s'ensuit dans les montagnes est dramatique. Le chef du culte, réalisant qu'il est suivi, tente désespérément d'échapper à l'encerclement de la police. "Il est là, sur le rebord !" crie Julien, reprenant son rôle au sein de l'équipe malgré les événements récents.

Finalement, après une course haletante à travers les sentiers escarpés, le chef du culte est capturé. Sous le poids des menottes, il révèle avec défi l'existence d'autres cellules du culte sur l'île. "Vous pensez m'avoir arrêté, mais le rituel est bien plus grand que vous ne l'imaginez," menace-t-il.

Cette révélation jette une ombre sur la victoire de l'équipe. La capture du chef du culte représente certes un succès majeur, mais l'annonce de la continuité des rituels souligne la complexité de la lutte à venir. La Corse, avec ses secrets ancestraux et ses paysages sauvages, reste un terrain de mystère où la bataille entre les traditions obscures et la justice moderne se poursuit.

1. Ancestral - Ancestral
2. Capturé - Captured
3. Cellules - Cells (as in groups)
4. Chasse à l'homme - Manhunt
5. Crypté - Encrypted
6. Fugitif - Fugitive
7. Insaisissable - Elusive
8. Menottes - Handcuffs
9. Menace - Threat
10. Montagnes - Mountains
11. Pression médiatique - Media pressure
12. Raid - Raid
13. Rites anciens - Ancient rites
14. Ruelle déserte - Deserted alley
15. Soutien - Support

Révélations et Doutes

Suite à la capture du chef du culte, une atmosphère tendue enveloppe l'île de Corse. La détention de cet homme clé amène la police à intensifier ses interrogatoires, espérant démêler l'écheveau des croyances et des activités du culte. "Parle-nous de tes motivations," insiste Marc, face au chef du culte. "Pourquoi ces sacrifices ?"

"Vous ne comprenez pas," répond l'homme, les yeux emplis d'une conviction inébranlable. "Nous protégeons le village, nous préservons une tradition qui nous sauve des malheurs depuis des siècles."

Cette révélation conduit à de nouvelles fouilles dans le village, révélant des cachettes dissimulées contenant des artefacts et des documents attestant de l'ampleur du culte. Léa, dévoilant une statue ancienne cachée sous une dalle de pierre, murmure : "Regardez ce que j'ai trouvé... C'est incroyable."

Les villageois, témoins de ces découvertes, se trouvent à un carrefour entre la peur et le soulagement. "Il est temps que cela cesse," confie timidement un habitant à Julien. "Nous ne voulons plus de ces sacrifices."

Cependant, une ombre plane sur l'enquête lorsque des informations choquantes viennent à la lumière : certains membres de la police étaient au courant des activités du culte. "Comment est-ce possible ?" s'exclame Marc, confrontant un collègue soupçonné. "Comment pouvais-tu savoir et ne rien dire ?"

Naviguant dans un dédale de complicités et de secrets, l'équipe d'enquête se retrouve face à un dilemme moral complexe. Les membres du culte sont-ils des criminels à punir ou des victimes d'une tradition ancestrale ? "C'est un débat délicat," admet Léa lors d'une réunion. "Où tracer la ligne entre la foi et la loi ?"

La préparation d'un procès médiatisé promet de jeter une lumière crue sur ces questions, le procureur s'engageant à exposer toute l'étendue des pratiques du culte. "Ce procès va secouer l'île," prévoit Marc. "Et peut-être changer notre manière de voir notre propre histoire."

La communauté corse se retrouve divisée, certains défendant les traditions et d'autres condamnant fermement les pratiques du culte. "Nous devons trouver un équilibre," suggère un expert en anthropologie consulté par l'équipe. "Comprendre sans excuser, c'est essentiel."

La police reste en alerte, consciente que d'autres membres du culte pourraient tenter des actes désespérés pour préserver leur croyance. "Nous ne baisserons pas la garde," affirme Julien. "Pas tant que chaque membre de ce culte n'aura pas été confronté à la justice."

Révélations et doutes se mêlent dans ce chapitre crucial de l'enquête, où la frontière entre le bien et le mal semble plus floue que jamais. La quête de vérité de Marc, Léa, et Julien les pousse non seulement à affronter les ombres de la Corse, mais aussi à questionner les fondements mêmes de la justice et de la tradition.

1. Artefacts - Artifacts
2. Cachettes - Hideouts
3. Conviction - Conviction
4. Croyances - Beliefs
5. Dalle - Slab
6. Détention - Detention
7. Écheveau - Tangle
8. Interrogatoires - Interrogations
9. Malheurs - Misfortunes
10. Médiatisé - Mediatized
11. Procès - Trial
12. Révélation - Revelation
13. Sacrifices - Sacrifices
14. Tradition - Tradition
15. Villageois - Villagers

Le Procès

Le procès du chef du culte et de ses complices s'ouvre dans une atmosphère de tension palpable, captivant l'attention de la communauté internationale. Marc, Léa, et Julien, après des mois d'enquête acharnée, assistent au procès, témoins de l'aboutissement de leur travail.

Dès les premiers jours, des preuves accablantes sont dévoilées au grand jour : vidéos des rituels nocturnes et témoignages d'anciens membres du culte révèlent l'ampleur des activités clandestines. "Regardez bien," insiste le procureur en présentant une vidéo, "voici la réalité derrière leurs traditions."

Face à ces accusations, le chef du culte prend la parole. "Nous n'avons fait que suivre notre foi, nos traditions," se défend-il, invoquant la liberté de croyance. Sa voix, cependant, se perd face aux témoignages poignants des victimes et des familles des disparus. "Mon fils n'est jamais revenu," sanglote une mère devant la cour, "tout ça pour vos croyances ?"

Le procès soulève d'importants débats éthiques et légaux sur la place des anciennes traditions dans le monde moderne. "Où se trouve la limite entre la tradition et le crime ?" questionne un expert, invitant la salle à la réflexion.

Le village, sous les projecteurs depuis le début de l'affaire, vit des moments de division profonde. Certains habitants expriment publiquement leur honte et leur regret face aux révélations du procès. "Nous ignorions, ou ne voulions pas voir," admet un villageois à Marc lors d'une pause.

Finalement, le verdict tombe : le chef du culte et plusieurs de ses complices sont condamnés à de longues peines de prison, une décision accueillie par un mélange de soulagement et d'émotion parmi les présents. "Justice a été rendue," murmure Léa, la main serrée sur l'épaule de Julien.

Dans le sillage du procès, des mesures sont prises pour assurer la protection du village et de ses habitants. La police locale subit une réforme profonde pour éliminer la corruption et prévenir toute complicité future dans de telles affaires. "Nous devons apprendre de nos erreurs," déclare le chef de la police lors d'une conférence de presse.

Des programmes de sensibilisation sont également lancés, visant à préserver les traditions corses tout en écartant la violence. "Il est temps de redéfinir notre héritage," propose un anthropologue, impliqué dans la conception des programmes.

La fin du procès marque un tournant décisif pour le village. Les plaies du passé commencent lentement à cicatriser, laissant place à l'espoir d'une réconciliation et d'un avenir meilleur. "Ce fut une épreuve difficile," confie Marc à ses collègues, "mais nous avons aussi découvert la résilience et la force de cette communauté."

Le procès du culte du solstice d'été restera gravé dans la mémoire de l'île, non seulement comme un rappel des dangers de l'obscurantisme, mais aussi comme le premier pas vers une ère nouvelle, où le respect des traditions s'accompagne d'un engagement envers la justice et l'humanité.

1. Accusations - Accusations
2. Anthropologue - Anthropologist
3. Complices - Accomplices
4. Condamnés - Convicts
5. Corruption - Corruption
6. Croyance - Belief
7. Enquête - Investigation
8. Interrogatoires - Interrogations
9. Obscurantisme - Obscurantism
10. Procès - Trial
11. Réforme - Reform
12. Rituels - Rituals
13. Sensibilisation - Awareness
14. Témoignages - Testimonies
15. Traditions - Traditions

Climax et Révélation

Dans le sillage d'un procès qui a secoué les fondements de leur communauté, les habitants du village corse commencent doucement le processus de guérison. C'est dans ce contexte de renouveau qu'une dernière découverte vient bouleverser la paix naissante.

Lors d'une randonnée destinée à explorer les beautés naturelles de l'île, un groupe de marcheurs tombe sur une zone jusque-là inexplorée des montagnes. Ce qu'ils y trouvent dépasse l'entendement : des restes humains, certains anciens, d'autres plus récents, disséminés à travers une clairière cachée. La nouvelle de cette macabre découverte se répand comme une traînée de poudre, rappelant au village les ombres de son passé.

La police, alertée, se rend sur les lieux. "Je n'aurais jamais imaginé...," murmure Marc, face à l'étendue du site. Léa, à ses côtés, hoche la tête, les yeux emplis d'une tristesse profonde. La découverte confirme leurs pires craintes : le culte était bien plus vaste et plus ancien qu'ils ne l'avaient jamais imaginé.

Parmi les objets trouvés sur le site, une série de journaux intimes attire particulièrement leur attention. Ces écrits, détaillant des décennies de rituels et de croyances, offrent un aperçu glaçant de la profondeur et de la complexité du culte. "Cela change tout," souffle Julien, parcourant les pages remplies d'écriture serrée.

Le village est confronté à une vérité difficile : il doit faire face à son passé sombre et aux sacrifices faits en son nom. La nouvelle de la découverte engendre des débats houleux parmi les habitants, certains peinant à accepter l'ampleur des révélations.

Dans un élan de solidarité, une cérémonie commémorative est organisée pour honorer la mémoire des victimes. Toute la communauté se rassemble, partageant le deuil et la résolution de ne plus jamais laisser de telles horreurs se produire. "Nous nous souviendrons," promet le maire, "et nous apprendrons."

Pour transformer le site rituel en lieu de mémoire, des mesures sont prises pour ériger un mémorial. "Que cela serve de leçon," déclare Marc lors de la cérémonie d'inauguration, "les victimes ne seront jamais oubliées."

Le village marque un nouveau départ, s'engageant vers la transparence et la réconciliation. Ce processus de guérison collective marque un tournant décisif, ouvrant la voie à un avenir où le passé ne serait plus un fardeau, mais un rappel de l'importance de la vigilance et de la solidarité.

Cependant, la tranquillité retrouvée est de courte durée. La police reçoit des informations sur l'existence d'autres cultes similaires ailleurs, indiquant que l'enquête est loin d'être terminée. Un message anonyme, reçu par Léa, promet de nouvelles révélations : "La vérité complète reste à découvrir."

Le chapitre se clôt sur une note d'espoir et de vigilance. Le village a traversé des épreuves inimaginables, mais en ressort uni et déterminé à affronter l'avenir avec courage. "Nous avons appris," conclut Léa, "que le passé doit être respecté, non pas oublié, pour garantir un avenir meilleur pour nous tous."

1. Cérémonie - Ceremony
2. Clairière - Clearing
3. Commémorative - Commemorative
4. Communauté - Community
5. Culte - Cult
6. Découverte - Discovery
7. Détermination - Determination
8. Élan - Momentum
9. Enquêteurs - Investigators
10. Guérison - Healing
11. Macabre - Macabre
12. Mémorial - Memorial
13. Procès - Trial
14. Randonnée - Hiking
15. Rénovation - Renewal

French Graded Readers

For more books and E-book options visit:

www.briansmith.de